LOVING – DEUTSCHE AUSGABE

KYLIE GILMORE

Übersetzt von
ANNA DRAGO
Übersetzt von
KATRIN DOLLE

1

Audrey

Ich warte ungeduldig an der Bar des Horseman Inn auf die große Unterhaltung, die *alles* ändern wird. Ich kann kaum glauben, dass Drew Robinson – der Mann meiner Träume – dieses Treffen initiiert hat. Er sagte, es sei wichtig.

Offensichtlich hat er vor, mir seine Liebe zu gestehen. *Endlich!*

Mein Bein wippt, während ich beiläufig durch den Raum blicke und nach ihm Ausschau halte. Ich habe Drew seit dem Tag, an dem wir uns kennengelernt haben, angebetet; ich war sechs und er elf. Er ist der jüngste Bruder meiner besten Freundin Sydney. Ich war ständig bei ihr zu Hause und habe ihn aus der Ferne angehimmelt, bis er mit achtzehn zur Army gegangen ist. Dann habe ich ihm jahrelang täglich E-Mails geschickt, in denen ich ihm jedes Detail meines Lebens erzählte und wie sehr ich ihn wirklich bewunderte. Ich gestehe, dass ich ihm auf diese überschwängliche Art geschrieben habe, wie es Mädchen im Teenageralter eben tun, als hätte ich in mein Tagebuch geschrieben. Eine Tatsache, die mich bis heute in Verlegenheit bringt.

Wie auch immer, jetzt, wo wir beide in unseren Dreißigern sind, sind wir Freunde geworden. Wir gehen in denselben

Buchclub, arbeiten ehrenamtlich im Tierheim, und ich habe ihn sogar das Buch lesen lassen, an dem ich zwei Jahre lang geschrieben habe. Ich habe es nur zwei Leute lesen lassen, und die andere ist Schriftstellerin. Mein Buch ist die Saga einer Militärfamilie, und da er als ehemaliger Army Ranger die Erfahrung eines Soldaten kennt und Militärgeschichten liest, dachte ich, dass sein Feedback nützlich sein könnte, bevor ich dem Buch den letzten Schliff verpasse. Es ist ein bisschen enttäuschend, dass er außer „großartig" nichts gesagt hat. Ich erwarte nicht, dass mein erster Versuch, einen Roman zu schreiben, perfekt ist. Ich bin sicher, dass ich noch daran arbeiten muss, deshalb feile ich ständig daran herum.

„Kann ich dir was bringen?", fragt Betsy, die Barkeeperin. Sie ist jung, super stylisch und ein großer Fan von Rosa. Ihr kurzes Haar ist rosa, und sie trägt einen engen rosa Pullover mit einem verkürzten rosa Pudelrock. In ihrer Freizeit designt sie ihre eigene Kleidung. Ich bleibe bei meinem Bibliothekarinnen-Chic, denn das bin ich.

Ich überlege, meinen Lieblings-Pinot-Grigio zu bestellen, um meine Nerven zu beruhigen, aber entscheide, es wäre höflicher, auf Drew zu warten. Ich wirbele eine Locke meiner langen dunkelbraunen Haare um meinen Finger, eine meiner Angewohnheiten, die beruhigend auf mich wirken. „Nur das Wasser, das reicht. Ich warte noch auf einen Freund."

Betsy nickt und zieht an das andere Ende der Bar, um ein paar Typen nachzuschenken. Es ist Samstagabend, aber noch früh. Nur diese Typen und ich sind da.

Ich frage mich, was der Anlass war für diese große Unterhaltung. Vielleicht hat der Valentinstag Drew zum Nachdenken gebracht. Der war vor drei Tagen. Aber wäre es dann nicht sinnvoller gewesen, direkt am Valentinstag seine Liebe zu gestehen?

Realitätscheck! Sehen wir uns doch mal die Tatsachen an. Vor vier Jahren habe ich Drew mein Herz entblößt, und er hat deutlich gemacht, dass er in mir nie mehr als die beste Freundin seiner kleinen Schwester sehen würde. Nur, in letzter Zeit haben sich die Dinge zwischen uns anders ange-fühlt, als ob es eine Nähe gäbe, die vorher nicht da war.

Mein Blick kollidiert mit Drews, sobald er den Barbereich erreicht. Ein Schauer läuft mir die Wirbelsäule hinunter. Ich scheine immer zu wissen, wo in einem Raum er ist. Er bewegt sich wie ein Jaguar, schlank und tödlich. Sein dunkelbraunes Haar ist eher länger, der Blick aus seinen dunklen Augen trifft meinen. Ich schlucke, mein Herz schlägt kräftig. Er sieht aus wie ein Mann auf einer Mission.

Er zieht den Barhocker neben meinem heraus und setzt sich. „Hey!" Drew ist kein Mann vieler Worte.

„Hi, wie geht's dir?"

„Gut. Willst du einen Pinot Grigio?" Er kennt mein Lieb-lingsgetränk. Er hat mir mal gesagt, ich sei deswegen voraus-schaubar. Wenn ich etwas mag, mag ich es für immer. Vielleicht hänge ich deswegen schon so lange an ihm.

„Ich bleibe bei Wasser", sage ich und versuche, nicht lang-weilig vorhersehbar zu wirken. „Du sagtest, du müsstest reden. Ist alles in Ordnung?"

Er nickt und wendet sich Betsy zu. „Kann ich das neue IPA vom Fass bekommen?"

Ich wische meine klammen Handflächen an der Jeans ab. Ich bin direkt von der Arbeit in der Summerdale Bibliothek hierhergekommen. Ich arbeite gelegentlich in der Samstags-schicht. Hmmm … vielleicht hätte ich mir vor unserem Gespräch was anziehen sollen, das verführerischer ist. Heute Abend könnte alles ändern. Jetzt, wo er hier ist und so ganz Alpha und sexy aussieht, lässt mich die Größe dieses Augen-blicks fast aus der Haut fahren.

Er starrt geradeaus, sein stoppeliger Kiefer ganz verkrampft. Drew hat eiserne Kontrolle. Man sieht ihn nie erröten oder zappeln. Bei den Rangers war er der Anführer seiner Einheit, weil man sich darauf verlassen konnte, dass er in brisanten Situationen einen kühlen Kopf bewahrt. Er hat mir im Gegenzug in E-Mails über das Leben in der Army erzählt, obwohl seine Antworten immer kurz und nie sehr aufschlussreich waren. Ich habe mir gesagt, der Grund sei, dass keine Informationen in feindliche Hände geraten durften. Es war besser, als zu denken, dass er meine Gefühle nicht erwiderte.

Nach langem Schweigen sage ich vorsichtig: „Du wolltest mir also was sagen?"

Er wirft mir einen Seitenblick zu. „Ja."

Weitere Stille.

Muss ich ihm helfen, die Worte auszusprechen? Dass sich seine Gefühle für mich geändert haben? Dass all die Zeit, die wir seit einer Weile miteinander verbracht haben, bedeutet, dass er das Licht gesehen hat und jetzt erkennt, dass ich ein guter Fang bin? Ich bin klug, fleißig und liebevoll. Ich bin keine Wucht, aber trotzdem. Ich bin niedlich, verdammt!

Bei seinem anhaltenden stummen Ausdruck sickert ein Tropfen Wut in mich. Ist ihm aufgefallen, dass er der letzte Single-Typ in seiner Familie ist und ich die letzte Single-Frau unter meinen Freundinnen bin? Weiß er, dass ich mir seit Jahren einen Ehemann ersehne und Babys bekommen will? Ich hatte kein Glück in dieser Abteilung, während meine Freundinnen ihr Leben mit ihren Ehemännern und Babys weiterleben. Und glauben Sie mir, ich habe versucht, über ihn hinwegzukommen und mich da draußen zu zeigen. Aber kein Mann konnte ihm je gerecht werden. Erstens ist da dieser Strom, der mich jedes Mal, wenn er mich ansieht, zappt. Ich kann mir nur vorstellen, wie es sich anfühlen würde, wenn er mich tatsächlich berühren würde.

Abgesehen von seinem sexy Aussehen weiß ich, dass er ein guter Kerl ist, ein ehrenwerter Mann, der immer das Richtige tut, sich für seine Familie einsetzt und sich um seine jüngeren Brüder und seine Schwester gekümmert hat, nachdem ihre Mom gestorben war. Er ist der Typ, auf den man sich auf lange Sicht verlassen kann. Ich kann mir keinen besseren Mann als Ehemann und Vater vorstellen.

Wenn Drew jetzt seine Liebe gesteht, werde ich ihm verzeihen, wie er beim ersten Mal reagiert hat, als ich ihm meine Gefühle gestanden habe. Ich gehe ein Risiko mit der Liebe ein. Mein Herz rast, Hoffnung und Aufregung platzen geradezu, herauszukommen. Mein Bein wippt schneller, ich warte, warte, warte.

Sein Bier kommt, und er trinkt einen langen Schluck. Ich sehe zu, wie sich sein Adamsapfel beim Schlucken auf und ab bewegt. Sein Hals ist so männlich, sehnig und stark. Der Mann ist muskulös und fit wie der Soldat, der er mal war. Ich bin sicher, es ist ganz hilfreich, dass er ein Dojo leitet, die Robinson Martial Arts Academy. Er hat einen schwarzen Gürtel. Ich bin einer seiner Schüler, obwohl er mich immer auf die professionellste Art behandelt.

Er dreht sich zu mir um. „Aud."

Mein Herz springt in meine Kehle. „Ja?"

Er sieht über meine Schulter. „Es gibt da was, das ich dir schon lange sagen muss."

Ja! Sag mir, wie du dich fühlst!

Ich bewege meinen ganzen Körper auf ihn zu, was es viel einfacher macht, zu einem Kuss überzugehen. „Ja?"

Er sieht mir in die Augen, ist tödlich ernst. „Wir haben in letzter Zeit viel Zeit miteinander im Buchclub, im Tierheim und im Dojo verbracht."

Ich nicke, aber halte den Mund, weil ich befürchte, dass, wenn ich spreche, die ohnehin schon langsame Informations-übermittlung noch verlangsamt wird.

Er trinkt noch einen Schluck Bier und verzieht das Gesicht, bevor er sagt: „Wir haben eine Geschichte. Kennen uns schon lange."

Ich lächle. Ich kann nicht anders. Er ist endlich an Bord, hat endlich bemerkt, wie viel ich ihm bedeute.

Er fährt fort: „Wie, wenn du nach Hause gekommen bist, um mit Sydney abzuhängen, als wir jünger waren, da hattest du immer nette Dinge zu mir zu sagen. Die meisten ihrer Freundinnen haben mich ignoriert. Und all die E-Mails, die du geschickt hast, als ich im Einsatz war, und dieses eine Mal, als du gesagt hast, ich sei der Eine, obwohl ich wusste, dass du es nicht ernst meinst. Du wurdest wütend, als ich erklärte, warum du diese Gefühle hattest, aber später, als du mich auf Gages und Skylars Verlobungsfeier überrascht hast, da wusste ich, dass du dich endlich wieder wohl bei mir fühlst."

Mein Lächeln versiegt. Was für eine Geschichte! Ich, die ich ihn seit Jahren verehrt habe. Auch meine sexy Überraschung bei jener Verlobungsfeier hat nirgendwo hingeführt. Meine Hoffnung welkt. Wie oft muss ich mich noch um diesen ahnungslosen Alpha bemühen?

Er ist plötzlich voller Worte, und alles, was ich will, ist, dass er die Klappe hält. „Ich dachte mir, dass du betrunken warst auf der Party", sagt er vernünftig. „Dann bist du gegangen, weil es dir peinlich war, wie betrunken du warst, was uns wohl zu jetzt bringt."

Die Geschichte von Drew und Audrey, mit Audrey, die sich zum Narren macht. Jetzt wäre ein toller Moment für ihn, sich mir bei der Anhimmlungsparty anzuschließen.

„Also, wo sind wir jetzt?", frage ich durch meine Zähne.

Er sieht mich an. Ich sehe ihn an. Die Sekunden verstreichen.

Er öffnet den Mund, und schließt ihn wieder.

„Drew? Was ist mit unserer Geschichte? Worauf willst du mit dem Ganzen hinaus? Du hast gesagt, es sei wichtig, und du hättest mir schon lange was sagen müssen."

Hallo! Das hier ist die große Unterhaltung, die du initiiert hast. Sprich schon, Mann!

Er tippt auf die Bar. „Wir sind Freunde."

Meine Schultern werden steif. „Du hast mich hierher gebeten, um mir zu sagen, dass wir Freunde sind? Ich weiß, dass wir Freunde sind."

„Und du solltest noch ein Buch schreiben, weil du eine wirklich gute Schriftstellerin bist. Eine großartige Schriftstellerin."

„Das wolltest du mir sagen?"

Er nickt mit dem Kinn, sein Gesichtsausdruck unlesbar. So frustrierend! Ich werde nie an seiner riesigen Mauer vorbeikommen.

Die ganze Energie verlässt mich auf einmal, meine Gliedmaßen sind schwer. Ich kann nicht glauben, dass ich so aufgeregt war vor unserer großen Unterhaltung, die überhaupt nichts ist. Wir sind Freunde? Wie ist das was Neues?

Ich seufze. „Ich kann kein neues Buch anfangen, bis ich mit diesem hier fertig bin. Ich überlege, einen Lektor einzustellen, bevor ich es an Literaturagenten schicke, um sicherzugehen, dass es die beste Version ist, die es sein kann."

Er wird sehr still.

„Drew?"

Er steht auf und legt ein paar Scheine auf die Theke. „Warte nicht zu lange damit, um was Neues zu schreiben."

„Du gehst?"

Er deutet hinter mich. „Ich habe gerade Sydney gesehen. Du kannst mit ihr rumhängen."

Oh, kann ich das? Danke, dass du mich wissen lässt, dass ich mit meiner besten Freundin abhängen kann.

„Gutes Gespräch", sage ich nur.

Er nickt und wirft mir dann einen zweiten Blick zu, als wäre er nicht sicher, ob ich es sarkastisch meine. Ja, ich meine es sarkastisch! Unter diesem süßen Bibliothekarin-Äußeren schlägt das Herz einer leidenschaftlichen Frau. Ich habe große Träume. Ich möchte Autorin werden, eine Lesereise machen und eine tolle Verlagsfeier in New York City haben. Deshalb muss ich mein Buch in die bestmögliche Form bringen, bevor ich es versende.

„Bis bald", sagt er.

Sobald er geht, breche ich auf dem Tresen zusammen und lege meinen Kopf in die Hände. Nie wieder werde ich mir erlauben, zu hoffen, wenn es um Drew Robinson geht. Er ist nicht mein Seelenverwandter, und das wird er auch nie sein.

Drew

Dieses Geheimnis, das mich innerlich auffrisst, droht, alles zwischen uns zu zerstören, bevor es überhaupt angefangen hat. Und das ist ein Problem, denn je mehr Zeit ich mit Audrey verbringe, desto mehr will ich sie. Sie ist wunderschön, keine Frage. Ihr langes dunkles Haar umrahmt strahlend blaue Augen, runde Wangen und ein süßes, spitzes Kinn. Und dann ist da noch ihr sexy kleiner Körper, den ich unbedingt in die Finger kriegen will. Aber sie ist auch im Inneren schön – süß und gut. Ich weiß, ich verdiene sie nicht.

Schuld lastet schwer auf mir, als ich vom Horseman Inn wegfahre. Ich konnte mich nicht überwinden, es ihr zu sagen. Sie wird mich hassen. Und es ist schon zu lange her, um ihre Gnade zu finden. Die Frau kann wirklich einen Groll hegen. Nur weil ich auf die Wahrheit hingewiesen habe – ihre Teenager-Verliebtheit in mich bedeutete nicht, dass ich der Eine war. Sie hat mich damals nicht einmal so gut gekannt. Außerdem glaube ich nicht an den Einen oder Seelenverwandten oder irgendwas von diesem romantischen Müll. Das ist das Zeug für Märchen.

Aber eines weiß ich – Audrey ist mein Trost. Es gab eine dunkle Zeit, in der sie mir die kalte Schulter gezeigt hat, und das war scheiße. Nach und nach habe ich ihr Vertrauen zurückgewonnen.

Ich entspanne mich nur dann wirklich, wenn Audrey mich auf eine bestimmte Weise ansieht. Als ob sie an mich glaubt, als ob ich nichts falsch machen kann.

Ich habe etwas sehr Falsches getan. Und ich kann nichts daran ändern.

Ich fahre in die Auffahrt eines weißen, zweistöckigen Hauses im Kolonialstil. Mrs. Ellis ist die einzige Person, die mir als Unterstützung einfällt. Verzweifelte Zeiten. Oder vielleicht denke ich einfach nicht klar, wegen all der Albträume, die mich zusätzlich zu Schlaflosigkeit plagen. Letzte Nacht war besonders schlimm, als ich im Kampfmodus aus einem Alptraum erwacht bin.

Nun, ich bin hier, also machen wir das. Es ist kurz nach sieben, daher hoffe ich, Mrs. Ellis ist noch wach. Sie wird auch nicht jünger. Neunzig, aber blitzgescheit.

Ich gehe die Auffahrt hinunter zur Beton-Veranda. Ich

schwöre, Mrs. Ellis verfügt über die taktischen Strategien eines Generals. Sie hat sich ihren Spitznamen, General Joan, wirklich verdient. Manche nennen sie General Joan wegen ihrer strengen Natur. Sie war meine Lehrerin in der dritten Klasse. Ich mochte die Unmengen an Hausaufgaben nicht, die sie uns aufgegeben hat, aber nicht einmal wurde ich von ihr eingeschüchtert wie die anderen Kinder. Sie legte die Regeln fest und erwartete, dass sie befolgt würden, wie jeder große Militärkommandeur. Nichts ist schwieriger, als ein Haufen gelangweilter Achtjähriger, die in einem Klassenzimmer eingesperrt sind.

Heutzutage nennt sich Mrs. Ellis Cupido, und genau deshalb bin ich hier. Ich brauche einen General Cupido.

Ich klingele und warte. Ich war hier schon mal. Ich habe immer irgendwas für Mrs. Ellis repariert, bevor ihr Schwiegersohn Garrett derjenige wurde, an den sie sich dafür wendet.

Die Tür öffnet sich, und Mrs. Ellis sieht mich durch die Glassturmtür an. Sie hat kurze weiße Haare, die zur Seite gescheitelt sind, mit einer kleinen Welle, braunen Augen und scharfen Wangenknochen. Gut, sie ist nicht im Pyjama.

Ich hebe eine Hand.

Sie öffnet die Tür. „Drew? Stimmt was nicht?"

„Ja, ich hatte gehofft, Sie könnten mir helfen."

„Komm rein!"

Ich folge ihr hinein, wo sie sich mitten ins Wohnzimmer stellt und meinen Ausdruck mustert. Die meisten Leute können nicht erraten, was ich denke. Ich schätze, dass mein Ruf, einen kühlen Kopf bewahren zu können, zum Teil daran liegt, dass sich in meinem Gesicht keine Emotionen zeigen. Ich bin also nicht ausdrucksstark. Ich fühle Dinge, aber tief in mir.

„Kann ich dir was zu trinken anbieten?", fragt sie.

„Nein, danke."

Sie dreht sich um und macht sich auf den Weg zu ihrem blauen Sessel mit der hohen Rückenlehne, hinkt ein wenig mit ihrer schlechten Hüfte. Sie hat auch einen Treppenlift. Sie ist eine toughe Frau, die sich weigert, ihre Hüfte operieren zu lassen. Sie sagt, Schmerz sei keine große Sache, und sie traut Ärzten nicht.

Sie setzt sich und winkt mir zu. „Setz dich. Ist alles gut? Ist irgendwer im Krankenhaus?"

Ich setze mich auf ihr geblümtes Sofa mit dem Plastikbezug. Es quietscht, als ich mich nach vorn beuge und meine Ellbogen auf die Knie stütze. „Allen geht's gut. Das ist ein persönlicheres Problem."

„Erzähl weiter."

„Sie drohen schon eine Weile, mich mit jemandem zusammenzubringen."

Sie lächelt, was sie einen Moment lang wie eine süße Großmutter aussehen lässt, anstatt wie einen ernsten Zuchtmeister. „Natürlich. Du bist der letzte alleinstehende Mann in deiner Familie, ganz zu schweigen davon, dass du auf skandalöse Weise übersehen wirst. Du bist ein angesehener Veteran, hast dein eigenes Geschäft und bist verantwortungsbewusst. Ich habe gehört, dass du der Anführer deiner Einheit warst, und jetzt führst du andere in der Gemeinde zu Stärke und Selbstachtung durch dein Dojo. Unglücklicherweise bemerkt deine Generation einen echten Mann nicht, selbst wenn er direkt vor einem steht."

Ich setze ein Lächeln auf. *Ich schätze, ich bin der echte Mann, den alle Frauen übersehen haben.* „Ich sollte Sie mein Dating-Profil schreiben lassen."

„*Pffft.* Online-Dating-Quatsch brauchst du nicht, wenn du mich hast. Ich habe vielen Paaren hier in der Stadt geholfen, zusammenzukommen."

Sie beansprucht immer Anerkennung, und ich bin mir nicht sicher, wie viel sie dazu beigetragen hat. Ich weiß nur, dass ihre Nase immer in den Angelegenheiten anderer steckt und sie ständig Hinweise fallen lässt, wer sich wen aussuchen sollte, also denke ich, dass sie etwas richtig macht. Sie muss etwas richtig machen.

Oder es könnte alles ein Zufall sein.

„Ich weiß nicht, was ich tun soll", gebe ich zu.

Sie neigt den Kopf. „Ich habe dich noch nie unsicher klingen hören. Du bist genau in das richtige Haus gekommen. Erzähl mir alles."

„Es ist Audrey."

„Hast du Gefühle für sie?"

„Habe ich, aber ich verdiene sie nicht."

„Papperlapapp!"

„Sie ist so süß und gut. Das bin ich nicht."

„Du bist nicht süß, das stimmt, aber ich glaube, du hast ein gutes Herz, und das ist alles, was zählt."

Ich hebe eine Hand. „Vor ein paar Jahren habe ich sie beleidigt, und sie wollte nichts mehr mit mir zu tun haben. Ich habe langsam ihr Vertrauen zurückgewonnen, und je besser ich sie kennengelernt habe, desto mehr wird mir klar, dass ich diese" – ich huste – „Gefühle habe. Tiefe Gefühle, wie man sie in seinem Bauch empfindet, wissen Sie?" Ich lege eine Hand an meinen Bauch.

Und es braucht meine ganze Willenskraft, sie nicht zu packen und zu küssen. Was soll ich sagen, ich bin eine Bestie im Inneren. Das ist mit der Grund, warum ich die Anziehung so lange abgewehrt habe. Audrey ist das brave Mädchen von nebenan, das mit Mr. Perfect zusammen sein sollte, mit einem ordentlichen Haarschnitt und Fliege. Ich bin alles andere als perfekt und würde lächerlich mit Fliege aussehen. Ich könnte vermutlich auch einen Haarschnitt gebrauchen.

„Was ist das Problem?", fragt Mrs. Ellis geradeheraus.

„Ich habe alles ruiniert."

Sie ist still und starrt mich an.

Ich schätze, sie braucht mehr, um weiterzumachen. „Weil Audrey die letzten zwei Jahre damit verbracht hat, diesen erstaunlichen Roman zu schreiben, und sie hat ihn mir im November zu lesen geschickt. Und egal, wie sehr ich ihr gesagt habe, er sei großartig und sie sollte ihn an Verlage schicken, sie sagte immer, er bräuchte noch den letzten Schliff. Ich dachte, ihr fehlte das Selbstvertrauen, also habe ich das Problem gelöst und es an jeden Literaturagenten und Verleger geschickt, den ich finden konnte." Ein Kumpel von mir von der Army hat wirklich gute Militärthriller geschrieben und mir erklärt, wie das Spiel funktioniert. Audreys Buch war meiner Meinung nach genauso gut wie seine Arbeit, aber mit einer einzigartigen Herangehensweise: einer Frau als militärische Führungskraft. Es schien alles golden zu sein, bis …

„Du hast das ohne ihr Wissen getan?", fragt Mrs. Ellis.

Ich schlucke kräftig, Schuldbewusstsein sticht auf mich ein. „Ja. Und es wurde überall abgelehnt. Jetzt sagt sie, dass sie einen Lektor dafür bezahlen möchte, noch einen letzten Schliff zu machen, bevor sie es verschickt."

„Dann entschuldige dich aufrichtig und sag ihr, was passiert ist."

Ich verziehe das Gesicht. „Verstehen Sie denn nicht? Für ihr Buch ist der Zug abgefahren. Sie kann es an keine Literaturagentur mehr schicken, und Verlage akzeptieren kein unerbetenes Manuskript. Es muss über einen Agenten laufen."

„Mein Rat gilt immer noch."

Ich lasse den Kopf hängen. „Ich weiß." Ich sehe ihr in die Augen. „Und ich habe versucht, ihr zu sagen, was ich getan habe, aber ich konnte die Worte nicht herausbekommen. Diesmal wird sie mir nicht verzeihen. Das letzte Mal hat sie zwei Jahre gebraucht, um sich für mich wieder zu erwärmen. Sie fasst nicht leicht Vertrauen."

Ich richte mich auf, meine Augen brennen. Es ist unmöglich, das geradezubiegen.

„Drew, warum genau bist du hergekommen? Du willst meinen Rat nicht annehmen, willst nicht über das reden, was du getan hast. Was genau ist hier das Ziel?" Ihre Stimme wird von Sekunde zu Sekunde befehlender.

Sie starrt mich an, nicht eine einzige Emotion zeigt sich in ihren Augen oder ihrem Ausdruck. Sie wäre toll darin, Gefangene zu verhören.

Ich platze mit der Wahrheit heraus. „Ich brauche Hilfe, damit sie wieder tiefe Gefühle für mich bekommt." *Keine Teenager-Schwärmerei. Das richtige Ding.*

Ich verlagere unbehaglich mein Gewicht, und ein lautes

Quietschen von der Plastiksofaabdeckung bringt mich noch weiter in Verlegenheit. Ich zappele nie. Ich bin immer cool, ruhig und kontrolliert. Deshalb wurde ich bei den Rangers zum Anführer meiner Einheit gewählt. Ich lasse nie zu, dass Emotionen mein klares Denken durcheinanderbringen.

Sie starrt mich an, tief in Gedanken. *Vielleicht braucht sie mehr Informationen.*

Ich räuspere mich. „Sehen Sie, wenn wir in einer Beziehung wären, würde es das einfacher machen, ehrlich zu ihr zu sein, denn dann würde sie mich nicht sofort ausschließen. Ich hätte immer noch eine Chance." Hitze flutet mein Gesicht. Ich bin sechsunddreißig Jahre alt, und meine letzte Beziehung war in der Highschool. Es ist nicht so, als ob ich nie mit Frauen zusammen war, aber keiner bin ich richtig nahegekommen. Es gibt immer etwas, das mich davon abhält, den nächsten Schritt in das Beziehungsgebiet zu gehen. Ich weiß nicht, was es ist. Vielleicht habe ich immer auf Audrey gewartet.

Sie klatscht einmal. „Exzellent! Drew, ich glaube, du bist jetzt bereit für Audrey. Nun, ich wette, dass du bis nächsten Sommer verheiratet bist."

„Verheiratet", wiederhole ich. Es macht mir nicht so viel Angst, wie ich gedacht hätte. Könnte es sein, dass ich endlich bereit bin für diesen großen Schritt?

„In Ordnung, Folgendes wirst du tun."

Ich beuge mich vor.

Sie winkt mich fort. „Hol dir einen Stift und einen Notizblock aus der Küche. Ich möchte sicher sein, dass du diesen Plan genau so verstehst, wie ich ihn sage."

Erleichterung wäscht über mich, entspannt jeden Muskel. Endlich ein solider Plan. Es war klug, Unterstützung vom General zu suchen. Nur ein General Cupido kann Leuten wie mir helfen. Zu sagen, dass ich unromantisch bin, ist eine Untertreibung, aber ich habe ein Herz. Audrey ist mir sehr wichtig.

Ich nehme mir einen Block und einen Stift und kehre mit

einem weiteren Quietschen des Plastiks auf das Sofa zurück, bereit, jedes Wort der Weisheit niederzuschreiben.

Sie lächelt, ihre braunen Augen funkeln fröhlich. „Das eigentliche Problem ist, dass du deine besten Qualitäten nicht gezeigt hast. Das werden wir jetzt beheben."

Ein Schauer läuft mir die Wirbelsäule hinunter.

2

Audrey

Während ich an einem kühlen Samstagmorgen zur Robinson Martial Arts Academy fahre, sage ich mir, ich soll nicht zu viel in die Tatsache hineininterpretieren, dass Drew mich heute zum ersten Mal gebeten hat, beim Kinderkurs zu helfen. Nicht, weil er an mir als potentieller Freundin interessiert ist. Er brauchte nur Hilfe. Vielleicht war sein Bruder Caleb, sein üblicher Helfer, nicht verfügbar.

Stirb, Hoffnung, stirb!

Wieder einmal muss ich meine Gefühle herunterschlucken und die Freundschaftszone akzeptieren. Sonst verliere ich ihn ganz. Mein Magen sackt bei dem Gedanken in die Tiefe, mein Atem geht schneller. Ich will ihn in meinem Leben, aber um welchen Preis für mein Herz?

Ich atme tief durch. Das Einzige, das mich von einem totalen Herzschmerz bewahrt, ist, zu wissen, wie sehr Drew mich braucht. Wissen Sie, Drew ist ein Einzelgänger. Sicher, er hat Familie in der Stadt, aber was die Verbindung mit anderen angeht, nicht so sehr. Ich schiebe das auf das PTBS, aus seiner Zeit als Army Ranger. Ich habe mich intensiv mit Militärmaterial für mein Buch beschäftigt, also weiß ich, wovon ich rede.

Deshalb habe ich die letzten fünf Monate damit verbracht,

sein Leben zu reparieren. Natürlich war ich sehr subtil und habe langsam meine Magie wirken lassen. Zuerst habe ich ihn in den Buchclub eingeladen, den ich in der Bibliothek führe, um ihm ein Gefühl der Zugehörigkeit zu geben, und dann habe ich meinen nächsten großen Schritt unternommen, ihn dazu zu bringen, sich für eine ehrenamtliche Tätigkeit im Tierheim zu melden. Dieser letzte Teil war kritisch. Das Tierheim leitet eine Filiale von Best Friends Care, um Tierhunde zu Therapiehunden für Veteranen mit PTBS auszubilden. Ich warte nur auf den richtigen Hund für Drew. Dann ermutige ich ihn sanft, den Hund zu adoptieren, und schließlich werde ich mich dafür einsetzen, dass der Hund dem Therapieprogramm beitreten darf. *Voilà!* Leben repariert.

Ich parke meinen roten VW-Käfer und bin zufrieden mit mir darüber, wie sehr ich Drew bisher geholfen habe. Ich gehe zur Glastür an der Seite eines alten weißen Schindelhauses. Das Dojo ist im ersten Stock. Ich jogge die Treppe hoch und öffne die Tür zum Dojo. Ich bin zu früh, deswegen ist der Raum leer. Ich gehe durch den kleinen Warteraum, vorbei an der erhöhten Plattform, wo die Kurse stattfinden, und um die Ecke – *ah!*

Ich stehe direkt vor Drews nackter Brust. Sein sexy Duft wäscht über mich, holzig und frisch.

Ich springe zurück, mein Herz schlägt heftig. Er trägt seinen *Gi*, aber das Oberteil ist noch nicht gegürtet. Seine gesamte Brust ist entblößt, von seinen gebräunten Brustmuskeln bis hin zu den Bauchmuskeln und einem V, das unter seiner Hose verschwindet. Meine Atmung beschleunigt sich. Ich habe ihn nicht ohne Hemd gesehen, seit ich ein Teenager war, in der Agonie unerwiderter Liebe.

„Dachte ich doch, dass ich jemanden gehört habe", sagt er beiläufig.

Mein Mund ist trocken. „Ja. Ich, äh, muss mich noch umziehen."

Er bindet das Oberteil zu und wickelt den schwarzen Gürtel um seine Taille. „Wir sehen uns da draußen."

Ich eile zur Damenumkleide, meine Haut brennt. Diese

Lust ist furchtbar unangenehm. Wenn ich für irgendeinen anderen Mann so brennen könnte, schwöre ich, würde ich es tun.

Ich schlüpfe in den Raum hinter seinem Büro und schließe die Tür. Ich höre, wie sich ein Aktenschrank öffnet und geschlossen wird. Drew geht wie gewohnt seiner Arbeit nach. Es ist zum Verrücktwerden, dass ich ihn vollkommen kaltlasse.

Ich öffne meine Reisetasche und nehme meinen Gi und meinen orangefarbenen Gürtel heraus. Eines Tages werde ich ein schwarzer Gürtel sein. Drew hat mich letzten Sommer eingeladen, Karate auszuprobieren, und ich habe damals gehofft, er wollte mich. Natürlich hat er mich wie ein Profi behandelt.

Meine Gedanken springen vier Jahre zurück. Ich – voller Hoffnung, mutig und dumm. Drew – beleidigend.

Es war gegen Ende Dezember, und ich hatte mir versprochen, nachdem ich so lange schon heimlich Gefühle für ihn gehegt hatte, es sei endlich an der Zeit, es ihm zu sagen. Das neue Jahr kam schnell näher, und ein Teil von mir dachte, ich könnte es mit einer neuen Beziehung beginnen. Wohlgemerkt, ich war damals 28, also war das keine vorübergehende Teenie-Schwärmerei.

Ich habe ihn gebeten, mich in der Bibliothek zu treffen, wo ich arbeite. Fehler Nummer eins. Ich hatte gedacht, dass ein Treffen nach der Arbeit in meinem Büro eine ruhige Umgebung ohne Druck schaffen würde. Und das war es. Es wurde zu einer ständigen Erinnerung an das, was an diesem Abend passiert ist, jedes Mal, wenn ich zur Arbeit kam. Und was passierte, war der größte Fehler meines Lebens.

Drew war in mein Büro gekommen. „Mir war nicht klar, dass du schon Feierabend hast. Was ist los?"

Mein Herz donnerte. Meine langjährige Liebe. Es juckte mir in den Fingern, durch sein weich aussehendes Haar zu streichen. Sein muskulöser, fähiger Körper ließ mich danach brennen, ihm näherzukommen.

Ich setzte, wie ich hoffte, ein sexy Lächeln auf, setzte mich auf den Rand meines Schreibtisches und klopfte auf den Platz neben mir. Er gesellte sich zu mir, seine dunklen Augen aufmerksam auf meine gerichtet.

Ich atmete einmal tief durch. „Also ich habe nachgedacht …" Meine Stimme zitterte. „Das heißt, ich wollte es dir sagen … erinnerst du dich daran, wie ich dir täglich E-Mails geschickt habe, als du im Einsatz warst?" *Weil ich so wahnsinnig verliebt in dich war?*

„Ja."

„Und auch davor bist du mir aufgefallen."

Er richtete die Wirbelsäule auf. „Ja, du bist mir auch aufgefallen. Du warst ja ständig im Haus."

Ich lachte, Schweiß lief zwischen meine Brüste. „Richtig. Die Sache ist, Drew, ich liebe dich schon, solange ich mich erinnern kann, und ich wollte nur, dass du das weißt."

Schweigen.

Schweiß perlte auf meiner Oberlippe, und ich wischte ihn weg. Offensichtlich hatte ich ihn überrascht. „Ich erwarte nicht, dass du es erwiderst."

„Aud", sagte er sanft, „das ist nicht real. Das war kindliche Schwärmerei. Die kleine Audrey, die zu dem älteren Bruder ihrer besten Freundin aufgeblickt hat."

Mein Magen sackte in Richtung meiner Kniekehlen, die Hoffnung verschwand im Handumdrehen. „Ich glaube, ich weiß, was ich empfinde."

Er stand auf und schüttelte den Kopf. „Vielleicht hast du mich in deinem Kopf aufgebaut, seit du jünger warst, aber jetzt, wo wir erwachsen sind, sind wir gleich. Zwei Leute, die in derselben Stadt aufgewachsen sind. Freunde."

Meine Kehle schnürt sich zu. „Freunde. Richtig."

„Man sieht sich."

Er ging, während ich noch dasaß und vor Demütigung brannte. Niedergeschlagen. Er hätte mir genauso gut auch noch den Kopf tätscheln können. Kindliche Schwärmerei? Er hatte meine Gefühle überhaupt nicht ernst genommen. Er sah mich als die beste Freundin seiner kleinen Schwester.

Ich habe ihm mein Herz entblößt, und er ist darauf herumgetrampelt.

Ich schüttele den Kopf bei der Erinnerung, die immer noch wehtut, ziehe mich fertig an und gehe hinüber zur Matte, um mich aufzuwärmen. Drew ist im kleinen Wartezimmer und begrüßt seine Schüler, als sie ankommen. Er ist eins dreiundachtzig groß und ragt über die Kinder. Mir war nicht klar, wie jung sie sein würden. Sieht aus wie die Vorschulklasse, drei oder vier Jahre alt. Moms und Dads helfen ihren Kindern, sich vorzubereiten, während sie jüngere Kinder und Babys halten.

Drew gibt einem kleinen dunkelhaarigen Jungen, der sich sehr freut, ihn zu sehen, eine Ghettofaust. Meine Eierstöcke tanzen fröhlich. Drew nimmt jedes Kind ernst, redet mit ihm und gibt ihm ein High Five oder einen Fauststoß. Er lächelt nicht oder redet mit Kleinkinderstimme, wie es manche Erwachsene tun. Er ist einfach er selbst, und die Kinder lieben ihn.

Ich wende mich ab und wische mir eine Träne aus dem Auge. Ich habe ihn noch nie mit kleinen Kindern gesehen.

Er klatscht. „Alle auf die Matte! Zeigt mir zwanzig Hampelmänner. Los, los, los!"

Eine Horde Kinder rennt an mir vorbei.

Drew folgt ihnen in langsamerem Tempo und gibt dem Kurs immer noch Befehle. „Was antwortet ihr, wenn der Sensei euch sagt, was ihr als Nächstes tun sollt?"

„Ja, Sensei!", schreit ein Chor von Kinderstimmen zurück.

Er ist nah genug, dass ich seine braunen Augen funkeln sehen kann. Ein seltenes Ereignis. Er genießt es mit den Kindern.

Ich passe mich seinem Tempo an, als wir zur Öffnung in den Seilen um die federnde Plattform gehen. „Du kannst gut mit ihnen umgehen."

„Ich bin der Älteste von fünf. Ich bin es gewohnt, auf Kleine aufzupassen."

Er tritt vor die Gruppe. Ich stelle mich neben ihn und warte darauf, dass er meine Hilfe bei den Kindern braucht.

„Wie viele Hampelmänner waren das?", fragt er.

Die Kinder schreien eine Unmenge von Zahlen:

„Vier!"

„Fünfzig!"

„Einundzwanzig!"

Drew klatscht. „Wir fangen noch einmal von vorn an. Zählt mit mir." Er bedeutet mir, bei den Hampelmännern mitzumachen.

„Eins! Zwei! Drei!", bellt er, klingt wie ein Drill-Sergeant.

Die Kinder folgen in einer zusammengewürfelten Gruppe, einige langsamer, andere springen gerade auf und ab, anstatt die Beine auseinanderzubringen. Sie sind entzückend.

Ich drehe mich zu Drew um, der sich vor meinen Augen in einen geduldigen Dad verwandelt, der seine eigenen Kinder unterrichtet. Ich wende mich ab, aber dann sehe ich in entzückende lächelnde Gesichter, als sie Dad - ich meine Drew - ansehen und auf Anweisungen warten, was als Nächstes zu tun ist.

Ich hoffe wirklich, ich sehe nicht aus wie der träumerische Teenager, der ich mal war, weil ich mich wirklich wie einer fühle. Mein Herz schmilzt, weil ich Drew so sehr will, eine Zukunft mit ihm will.

Gott, das ist so peinlich!

„Als Nächstes kommen zwanzig Liegestütze!", verkündet Drew. Er kommt zu mir und flüstert mir ins Ohr: „Kannst du herumgehen, um ihnen zu helfen? Einige von ihnen sind noch nicht in der richtigen Push-up-Form."

Ein Summen der Aufregung rast in seiner Nähe über meine Haut bei der Vibration seiner Stimme in meinem Ohr. Ich nicke wie ein Wackeldackel und gehe zu einem kleinen blonden Jungen, der seinen Po hoch in die Luft reckt.

Ich gehe neben ihm in die Hocke. „Hi, versuchen wir mal, deinen Po runterzubekommen. Drück dich hoch, als wärst du ein Brett."

„So?" Er stützt sich hoch, wieder mit dem Po in der Luft.

„Nicht ganz. Lass mich dir helfen." Ich lege meine Hände an seine Taille, um ihn in die richtige Haltung zu führen.

Drew kommt vorbei und lächelt mich an. Mein Atem stockt angesichts des seltenen Lächelns. Der Effekt ist auf verheerende Weise wunderschön. Vielleicht bin ich doch dieser verträumte Teenager.

Der Kurs rast nur so vorbei. Drew und ich sind ein tolles Team, und die Kinder sind am Ende des Kurses begeistert. Danach gehe ich mit ihm ins Wartezimmer, wo er sich mit Eltern unterhält und den Kindern High Fives gibt. Er ist voller schroffen Lobs für die Kinder, und ich genieße jedes Wort.

„Großartige Arbeit heute, Jacob", sagt er.

„So kannst du alles geben, Camilla."

„Robbie, du wirst in jeder Stunde stärker."

Die Kinder nehmen es begierig auf. Er klingt aufrichtig. Ich seufze verträumt.

Jemand tippt mir auf die Schulter. Ich drehe mich um. „Oh, Hi!"

Es ist Eve Larsen, die jüngere Schwester meiner besten Freundin Jenna, die kürzlich in die Stadt gezogen ist. Wie Jenna ist sie groß, schlank und blond. Sie ist Drehbuchautorin, und wir haben ein paar nette Gespräche über das Schreiberleben geführt, weshalb ich endlich zugestimmt habe, sie mein Buch lesen zu lassen. Sie lächelt. „Hi! Wenn du mal eine Minute hättest, würde ich gern mit dir reden." Sie geht in die Hocke, um ihre baldige Stieftochter Nora zu begrüßen. „Wie war's?"

Nora rümpft die Nase. „Ich mag keine Liegestütze."

„Sie hat sich aber sehr bemüht", sage ich. Nora ist neu in dem Kurs. Drew hat eine große Sache daraus gemacht, die Klasse dazu zu bringen, sie willkommen zu heißen. Ihr dunkelbraunes Haar ist zu einem hohen Pferdeschwanz gebunden, den sie während des Kurses um ihre Finger gezwirbelt hat. Mein eigenes Haar geht mir bis zur Taille, also weiß ich, wie angenehm es ist, Haare zu wirbeln.

„Wir können zu Hause gemeinsam an Liegestützen arbeiten", sagt Eve zu Nora. „Dazu brauchst du Armmuskel wie meine." Sie schiebt ihren Ärmel hoch und spannt ihren Bizeps an. Er ist straff, aber nicht riesig.

Nora drückt Eves Arm. „Wow!"

Eve nickt. „Hol deine Socken und Schuhe aus dem Abstellraum und zieh sie an." Sie erhebt sich und zieht mich in einen ruhigeren Bereich. „Ich habe dein Buch gelesen, und es gefällt mir. Ich würde es gern in einen Spielfilm umwandeln."

Mir bleibt der Mund offenstehen. Ich habe es ihr erst letzte Woche geschickt. Ich hatte nicht erwartet, dass sie es so schnell lesen würde. Und es hat ihr gefallen? Ein Spielfilm? Mein Verstand schwankt.

Drew sieht zu mir und kommt dann zu uns. „Was ist los?"

Ich zeige auf Eve, immer noch verblüfft. „Eve will mein Buch verfilmen."

„Whoa!", sagt Drew.

Eve fährt fort: „Claire Jordans Produktionsfirma befindet sich in Connecticut, nicht weit von hier, und ich habe sie schon einmal getroffen. Sie liebt es, Geschichten wie deine mit einem weiblichen Helden zu drehen. Ich hoffe, sie kauft die Filmrechte und nimmt mich als Drehbuchautorin. Was meinst du?"

Meine Hand geht zu meinem Hals, meine Augen sind geweitet. Ich kann nicht glauben, was ich da höre. „Du glaubst also nicht, dass ich einen Lektor dafür bezahlen muss, es zu überarbeiten, bevor ich es verschicke?"

Sie lächelt. „Nein. Ich finde, dass dein letzter Entwurf großartig ist."

„Ich fand es auch toll", sagt Drew.

„Du hast aber einen früheren Entwurf gelesen als Eve", sage ich abwesend. „Es ist jetzt viel besser."

Drew macht ein seltsam ersticktes Geräusch. „Ich brauche ein bisschen Wasser." Er geht zum Wasserspender hinten.

„Was meinst du?", fragt Eve.

Mir wird bei der Aussicht fast schwindlig. Mein großer Traum wurde gerade zu einem Fiebertraum, wie ich ihn mir nie zu wünschen gewagt hätte. Ein Film? Das wäre ein Volltreffer bei der Veröffentlichung des Buchs. Meine Fantasie geht mit mir durch – Lesereise, Verlagsfeier, Interviews mit wichtigen Nachrichtensendern, eine Premiere auf dem roten Teppich! *AAHHH!*

„Wenn es für dich in Ordnung wäre, würde ich es gern Claire Jordan vorstellen."

„Natürlich!"

Nora kommt herbeigerannt und nimmt Eves Hand. „Fertig!" Sie trägt Klettschuhe mit Einhörnern. So süß.

„Bis bald!", sagt Eve.

„Bye, Lehrer!", sagt Nora zu mir.

„Bye!", sage ich und winke der kleinen Süßen enthusiastisch zu. Sie gehen, und ich stolpere auf wackeligen Beinen zu einem Stuhl und starre vor mich hin. Verrückte, gute Nachricht. Ich sitze da, betäubt, ich weiß nicht, wie lange.

Endlich stehe ich auf, um meinen Gi auszuziehen. Auf dem Weg komme ich an Drew vorbei.

„Spannende Neuigkeiten", sagt er nur.

„Das sind großartige Neuigkeiten! Ich denke, das verdient ein Ausrufezeichen. Spannende Neuigkeiten!"

Er schluckt hörbar. „Absolut! Ich seh' dich dann später im Tierheim." Samstags arbeiten wir immer ehrenamtlich dort. Alles Teil meines *Lebensrettungsplans für Drew*.

Ich gehe in die Umkleidekabine und mache mir Gedanken über Drew. Warum scheint er sich nicht für mich zu freuen? Die ganze Zeit war er ein großer Unterstützer meiner Arbeit. Ich löse meinen Gürtel. Ich kann nicht zulassen, dass mich das runterbringt. Ich bin dabei, meine Traumkarriere zu starten! Ju-huu!

Ich tanze in der Garderobe, bevor ich mich ausziehe. Ich kann es kaum erwarten, mein Buch in den Regalen meiner Lieblingsbuchhandlung zu sehen! Und auf der großen Leinwand!

3

Drew

Und was jetzt? Ich hatte einen kugelsicheren Plan von General Cupido, Audrey in mein Leben einzuladen, damit sie verständnisvoller wird, wenn ich erklärte, dass ich ihr Leben aus den richtigen Gründen repariert habe. Ich wollte ihre Träume wahr werden lassen. Sollte ich Eve warnen, dass Audreys Manuskript bereits von jeder Literaturagentur des Landes abgelehnt wurde? Gibt es zweite Chancen beim Veröffentlichen? Gibt es eine zweite Chance in der Liebe? Whoa! Da sind wir noch nicht. Audrey hat mich immer vergöttert, nur weil ich älter war. Ich nehme an, ich habe diese Anbetung immer als selbstverständlich angesehen. Ich vermisse das.

Ich muss auf den richtigen Zeitpunkt warten, um mir das von der Seele zu reden.

Ich bin jetzt zum Mittagessen zu Hause nach einem Morgen mit Kinderkaratekursen. Die älteren Kinder sind nach dem Vorschulkurs gekommen. Audrey war toll mit den kleinen Kindern, so wie ich wusste, dass sie es sein würde. Ich habe sie mit dem Baby meiner Schwester Sydney und auch Jennas Baby gesehen. Audrey liebt Kinder.

Ich hole die Liste von General Cupido aus meiner Tasche und prüfe Schritt eins des *Audrey-in-dein-Leben-einladen*-Plans. Der General hat sich den Namen des Plans ausgedacht. Funktioniert für die Mission. Ich bin grimmig zufrieden, beende mein Sandwich mit ein paar Bissen, stelle das Geschirr in das Spülbecken und gehe zur Dusche.

Kurze Zeit später fahre ich rüber zum Tierheim. Es wird vom Tierarzt Dominic Russo geleitet. Eine Weile dachte ich, Audrey stehe auf ihn. Das war mit ein Grund, warum ich bereit war, mitzumachen, als sie mich um Hilfe gebeten hat. Ich musste mit eigenen Augen sehen, ob er eine Bedrohung ist. Schließlich hat Audrey mich immer angesehen, als wäre ich ihr Held, mit gerötetem Gesicht und nervösen Händen. Es stellte sich heraus, dass Dominic auf Eve stand, eben jene Drehbuchautorin, die Audrey die guten Nachrichten gebracht hat. Ich habe Audrey nie gefragt, ob sie von Dominic enttäuscht war, weil ich es nicht wissen wollte.

Als ich am Tierheim ankomme, ist Audrey bereits da, zusammen mit Dominic. Er und ich haben tatsächlich viel gemeinsam. Wir sind beide Militärveteranen – er war bei den Marines – und besitzen unsere eigenen Unternehmen. Er ist auch in seinen Dreißigern, ungefähr meine Größe, eins dreiundachtzig. General Joan hat vor einiger Zeit auf unsere Gemeinsamkeiten hingewiesen, als sie versuchte, Audrey mit Dominic zusammenzubringen, oder wollte sie mich eifersüchtig machen? Die Frau ist fantastisch in Strategie. Ich war eifersüchtig, obwohl ich das nie zugeben würde. Jetzt, da Dominic mit Eve verlobt ist, mag ich ihn viel mehr.

„Hi Drew", sagt Audrey und wippt auf ihren Fersen. Ich bin mir nicht sicher, ob sie begeistert ist, mich zu sehen, oder ob sie noch immer begeistert von ihren potenziellen Filmnachrichten ist.

„Hey! Vielen Dank, dass du heute mit den Kindern geholfen hast."

Sie reibt sich seitlich den Hals, ihre Wangen blassrot. „Du warst großartig mit ihnen."

„Du auch."

„Schön, dass ihr beide zum Helfen da seid", sagt Dominic. „Ich wollte euch eine neue Ärztin in der Praxis vorstellen, Dr. Shields. Sie wird Teilzeit hier sein und, was für mich am wichtigsten ist, Wochenendschichten übernehmen. Dr. Shields, das sind Drew und Audrey, zwei meiner loyalsten Freiwilligen."

Ich zucke zusammen. „Roxie?"

„Drew?"

Sie ist genauso schön, wie ich sie in Erinnerung habe – langes rotes Haar, grüne Augen und ein Killerkörper, der jetzt teilweise unter blauen Kitteln versteckt ist.

Sie setzt ein Lächeln auf. „Ich höre jetzt lieber Roxanne. Oder nenn mich Dr. Shields."

„Ist gut für dich."

Dominic lächelt, und in den Winkeln seiner blauen Augen bilden sich Fältchen. „Dann kennt ihr beide euch also schon?"

„Ein fabelhaftes Wochenende in Cabo", sagt Roxanne mit rauer Stimme und sieht mich direkt an.

Die Wahrheit ist, ich war mit ein paar Kumpels aus meiner Einheit im Urlaub, als ich sie traf, und meine Erinnerungen sind trüb. Ich erinnere mich, dass ich von ihrer Schönheit umgehauen wurde, was, wie ich zugeben muss, noch dadurch gesteigert wurde, dass es wegen meiner Missionen so lange her war, seit ich mit einer Frau zusammen gewesen war. Danach gab es nur noch Tequila, Sonne und mehr Tequila.

„Ich habe sogar ein sechsjähriges Souvenir, das mich an dich erinnert", sagt sie.

Mein Herz stolpert. Bitte sag mir, dass sie kein Kind meint.

Dominic räuspert sich. „Entschuldigt mich. Ich muss nach was sehen." Dominic hat erst vor Kurzem erfahren, dass er eine Tochter hat, Nora. Vielleicht ist mein Verstand deshalb dorthin gegangen.

„Was für ein Souvenir?", verlangt Audrey zu erfahren. Sie denkt wahrscheinlich in die gleiche Richtung wie ich.

Roxanne hebt eine Schulter. „Ein altes Army-T-Shirt. Vielleicht könnten wir bei einem Drink über alte Zeiten plaudern, dann kann ich es dir zurückgeben."

Ich atme kräftig aus, erleichtert. „Du kannst es behalten.

Wir machen uns jetzt besser an die Arbeit." Ich bedeute Audrey, mir zu folgen. Wir gehen immer durch den hinteren Zwinger und füllen zuerst Wasser für die Hunde auf.

„In Cabo warst du aber viel charmanter!", ruft Roxanne mir nach. „Was ist mit dir passiert?"

Ich ignoriere das. Was ist nicht passiert? Ich habe zwei gute Freunde verloren, Soldaten unter meinem Kommando. Ich war während meiner Einsätze Zeuge von viel zu viel Gewalt gegen Frauen und Kinder durch den Feind, und ich konnte nur eine begrenzte Zahl retten. Dad ist unerwartet gestorben. Mom hatte ich schon als Teenager verloren. Menschen, die ich liebe, sterben mir weg. Es ist schwer, ein offenes Herz angesichts so vieler Verluste zu bewahren.

Ich fülle die erste Wasserschüssel auf und kraule den Schlappohr-Bullen-Mix hinter dem Ohr. Das ist das Gute an Hunden. Sie stellen keine Fragen.

Audrey füllt das Wasser für den Hund neben mir auf. „Roxanne scheint nett zu sein."

„Ja."

„Scheint, als ob sie noch auf dich steht."

Halte dich an den Plan. „Alte Geschichte. Willst du morgen Laufen gehen?"

„Laufen?", fragt sie, als wäre das ein fremdes Konzept.

„Ja, ich laufe jeden Morgen zehn Meilen, um fit zu bleiben." Ich arbeite eine verkleinerte Version meiner Army-Workouts ab, seit ich den Dienst quittiert habe.

Sie rümpft anbetungswürdig die Nase. „Ich habe einige Male versucht zu laufen, aber es hat nicht funktioniert. Viel Schweiß und Null Endorphine."

„Du könntest gehen, während ich laufe."

„Damit ich zusehe, wie du in der Ferne immer kleiner wirst?"

Ich fülle die nächste Wasserschale auf. „Du könntest Fahrrad fahren, während ich laufe."

Sie neigt den Kopf. „Gibt es einen besonderen Grund, warum ich dir beim Laufen zusehen soll?"

Verdammt! Dies ist Schritt zwei des Plans, und es gibt

nicht so viele Schritte. Fällt der Plan schon auseinander? Ich muss ihn mit General Cupido vielleicht nochmal besprechen. Nein, ich kann damit umgehen. *Drehpunkt! Drehpunkt!*

„Nein, ich möchte nicht, dass du zusiehst. Ich möchte, dass du es mit mir erlebst."

„Warum?"

Sie holt mehr Wasser am Waschbecken, also muss ich sie nicht ansehen, als ich ihr die Wahrheit gestehe.

Ich räuspere mich. „Weil du mich zu Dingen in deinem Leben eingeladen hast, wie Buchclub und Freiwilligenarbeit hier, also lade ich dich auch in mein Leben ein."

„Aww, wie süß!"

„Ich laufe mit dir", sagt Roxanne und schließt sich uns an. „Ich trainiere für einen Triathlon."

Audrey wendet sich ab und geht mit der Wasserschale zum nächsten Käfig.

„Es sind zehn Meilen", sage ich zu Roxanne.

Sie lächelt strahlend. „Super! Wir können plaudern. Du bist der Einzige, den ich in der Stadt kenne, und es würde mir sicher nichts ausmachen, dich neu kennenzulernen."

„Du sagtest doch, ich bin nicht mehr charmant."

„Nein, aber du hast was an dir. Dunkel und geheimnisvoll."

Audrey klappert laut mit einer leeren Wasserschale, die sie gerade aus dem nächsten Käfig nimmt. Ist sie eifersüchtig? Das ist ein gutes Zeichen.

Ich trete näher an Roxie und senke meine Stimme. „Um das klarzustellen, es gibt da jemand anderen. Dieser Lauf wäre nur unter Freunden."

„Wer ist denn die Glückliche?", fragt Roxanne laut genug, dass Audrey es hören kann. *Mist!* Ich war noch nicht bereit, diese Informationen zu teilen. Ich habe hier einen Plan am Laufen.

„Niemand, den du kennst", murmele ich.

„Nun, ich bin mir sicher, dass ich dich regelmäßig hier sehen werde", sagt Roxanne. „Dr. Russo sagt, dass du jeden

Samstag hier bist, und ich auch. Ich fange jetzt mit den Untersuchungen bei den Katzen an. Bis nachher."

„Man sieht sich."

Sobald sich die Tür hinter ihr schließt, kommt Audrey zu mir. „Wer ist diejenige, an der du interessiert bist? Ich hab' dich mit niemandem gesehen." Sie hat es offensichtlich mitgehört.

Du. Du bist es. Aber ich habe alles ruiniert.

Ablenken, ablenken.

„Wie geht's Cinder?" Das ist ihre Katze.

Ihr Gesicht wird finster. „Nicht so gut. Sie verliert trotz ihrer vorgeschriebenen Ernährung weiter an Gewicht. Ich warte nur auf den gefürchteten Besuch, bei dem Dr. Russo mir dann sagt, es sei Zeit, sie einzuschläfern."

„Tut mir leid, das zu hören." Audrey verbringt oft Zeit im Katzenbereich und streichelt die Streuner. Sie liebt Katzen und Hunde. Ich wäre nicht überrascht, wenn sie alle Tiere liebt. Sie ist solch ein guter Mensch.

Ihre blauen Augen werden benebelt. „Danke! Sie ist erst neun."

„Das ist das Schlimme an Haustieren. Sie leben einfach nicht so lange."

Sie füllt noch ein paar Wasserschüsseln auf, und ich tue das Gleiche.

Als wir fertig sind, drehe ich mich zu ihr um. „Da du nicht laufen willst, hättest du Lust, dir morgen mit mir das UConn Basketballspiel anzusehen? Es ist mittags." Das Basketballteam der University of Connecticut ist erstklassig.

Sie starrt mich einen langen Moment an. „Bin ich die andere in deinem Leben, von der du Roxanne erzählt hast? Ich frage nur, weil du sonst niemanden erwähnt hast und, na ja, wir machen normalerweise nichts, nur wir beide."

Ich betrachte ihren Ausdruck, suche die Heldenverehrung, die mir so sehr fehlt. „Ich hoffe, du wirst es sein."

Sie keucht. „Ich dachte ... du hast doch gesagt –"

„Die Dinge haben sich geändert."

„Haben sie das? Wie? Wann? Ach, egal." Ihre Hand flattert

in der Luft, und ihre Wangen werden rot. *Ja! Das zu sehen hatte ich vermisst!* „Ich denke, mein Kopf explodiert gleich. Zuerst höre ich, dass Eve aus meinem Buch einen Film machen will, und danach werden meine literarischen Träume mit Sicherheit wahr werden, und jetzt willst du, dass ich zu dir komme, weil sich die Dinge geändert haben. Was hat sich verändert?"

„Ich habe dich besser kennengelernt, schätze ich. Du bist nicht nur die beste Freundin meiner kleinen Schwester. Du bist wie meine beste Freundin."

Ihr Gesicht wird finster. „Richtig. Natürlich. Du hast gerade erst gesagt, wir wären Freunde, vor ein paar Tagen."

Ich streiche eine Strähne hinter ihr Ohr, überrascht, wie weich ihr Haar ist. Ich habe sie in all den Jahren, in denen ich sie kenne, nie berührt. Ihre Atmung beschleunigt sich, ihre blauen Augen werden riesig. „Hoffentlich mehr als Freunde." Meine Stimme klingt rau.

Dominic taucht auf. „Ich fahre jetzt nach Hause. Oh, habe ich gestört? Ich schnappe mir nur meine Karteikarten und gehe. Wir haben ein paar Welpen, die bald kommen. Dr. Shields wird sie von den anderen Hunden getrennt halten, bis sie ihre Gesundheitsfreigabe haben."

„Okay", sagt Audrey. Ihre Wangen leuchten vor Farbe. „Alles gut hier. Grüß Eve und Nora von mir. Nora war heute Morgen großartig beim Karate."

Er lächelt. „Cool. Das werde ich."

Nachdem er gegangen ist, sieht Audrey mich neugierig an. Als würde sie darauf warten, dass ich einen Schritt mache. Ich kann das nicht tun, bis ich zugegeben habe, was ich getan habe, und ich kann das nicht tun, bis ich sicher bin, dass sie mich nicht sofort aus ihrem Leben drängen wird.

„Ich schätze, wir sollten besser wieder an die Arbeit gehen", sagt sie, und ihre Stimme hebt sich wie bei einer Frage. „Ich meine, die Hunde warten auf ihr Fressen."

Ich sehe ihr in die Augen und bekämpfe den Impuls, sie in meine Arme zu ziehen. „Ja."

Als Nächstes gehen wir zu den Futterbehältern.

Kurz darauf sagt sie: „Was ziehe ich denn zu einem Basketballspiel an?"

Ich lächle. „Es ist im Fernsehen, also zieh an, was immer du willst."

„Oh, ich werde in deinem Haus sein." Sie glättet ihr Haar. „Ich war noch nie in deinem Haus."

„Ist doch nur ein Haus."

„Mhmm, cool." Sie schießt zur Hintertür hinaus. Ich kann durch das Fenster der Tür sehen, wie sie wie wild auf ihrem Handy schreibt.

Sie scheint sich darüber zu freuen, zu mir zu kommen. Das ist ein exzellentes Zeichen. Ich warte bis zur Halbzeit, um ihr zu erzählen, was ich mit ihrem Buch gemacht habe, nachdem sie ein paar gute Snacks und etwas von ihrem Lieblings-Pinot-Grigio zu sich genommen hat. Ich weiß genau, was für Wein ich kaufen soll, denn sie bestellt immer dasselbe an der Bar. Sie ist vorhersehbar. Ich schätze diese seltene Eigenschaft bei einem Menschen.

Audrey

Ich habe ein Notfalltreffen bei mir mit Sydney, Jenna und Harper einberufen. Ich bin ein Einzelkind, obwohl ich das Glück hatte, mit drei besten Freundinnen aufzuwachsen, die bis heute wie Schwestern für mich sind. Sydney und Jenna leben in der Stadt. Harper ist eine berühmte Schauspielerin, lebt in Brooklyn und kommt regelmäßig mit ihrem Mann und den zwei Kindern in die Stadt, um uns zu besuchen, und auch ihre Großmutter, die sie großgezogen hat, General Joan. Ich hatte wirklich Glück in der Freundschaftsabteilung, nicht so viel Glück in der Liebesabteilung. Ich hoffe, das wird sich bald ändern, aber ich habe große Zweifel.

Wir sind auf dem Sofa und essen Jennas typische Double Fudge Brownies. Sydney ist Drews jüngere Schwester, also hat sie Einblick in die Art und Weise, wie sein Verstand funktioniert. Jenna ist toll darin, den Mist zu durchschauen und hält mit ihrer Meinung nicht hinterm Berg. Harper ist immer diplomatisch, aber als ausgebildete Schauspielerin versteht sie das Verhalten der Menschen besser als jeder andere, den ich kenne. Mit dieser Power-Gruppe kann ich nichts falsch machen.

„Also, was ziehst du zu diesem lang ersehnten Date an?", fragt Harper. Sie ist mit Freisprechfunktion unterwegs, weil sie in letzter Minute wegen der Dreharbeiten nicht hierherkommen konnte.

Sydney und Jenna drehen sich erwartungsvoll zu mir um, ihre Augen funkeln in Erwartung. Sie freuen sich für mich, aber ich habe Probleme, all die Zeiten zu vergessen, in denen ich mich Drew geöffnet habe, nur, damit er eine Mauer zwischen uns errichtet.

Ich atme tief durch. „Eigentlich bin ich mir nicht sicher, ob ich das durchziehe." Es folgt ein sofortiger Chor von Protesten.

„Was?"

„Warum?"

„Du musst!"

Ich mache eine wilde Geste. „Ich weiß einfach nicht, was sich zwischen uns verändert hat oder wie es sich verändert hat. Vor einer Woche hat er mich zu einer großen Unterhaltung eingeladen, der damit endete, dass er mir sagte, wir seien Freunde. Jetzt sagt er, er hofft, dass wir mehr als nur Freunde sein werden. Es fällt mir schwer zu vertrauen, dass es diesmal real ist."

„Er *ist* ein ahnungsloser Alpha", sagt Jenna, wie sie es schon so oft gesagt hat. Sie bricht ein Stück Brownie ab und steckt es sich in den Mund. Sie hat einen superschnellen Stoffwechsel, der ihr erlaubt, alles zu essen und doch dünn zu bleiben. Mein Wunsch nach Schokolade war immer stärker als mein Wunsch, dünn zu bleiben. Ha!

„Nicht vollkommen ahnungslos", sage ich zu seiner Verteidigung, wie ich es immer tue. „Manchmal überrascht er mich mit seiner Aufrichtigkeit, und ihr hättet ihn mit den kleinen Kindern im Karatekurs sehen sollen. Sie verehren ihn."

Harper meldet sich zu Wort. „Vielleicht hat er eine Woche gebraucht, um zu merken, dass er mehr als nur befreundet sein will. Männer können langsamer darin sein, Emotionen zu verarbeiten."

Ich beuge mich zum Telefon auf dem Sofatisch. „Aber was war der Auslöser? Mir fällt nichts ein, was ich anders gemacht habe."

„Du hast ihm beim Kinder-Karatekurs geholfen", sagt Sydney und reibt ihre Hand über den Bauch. Sie ist schwanger mit eineiigen Zwillingsjungen. „Vielleicht hat er dich als die zukünftige Mutter seiner Kinder gesehen, da du so toll mit Kindern umgehen kannst."

Mein Herz rast bei dem Gedanken, aber dann werde ich realistisch. „Das ist ein großer Sprung von Freunden. Ich bin mir nicht einmal sicher, ob das ein Date ist –"

„Natürlich ist es ein Date", sagt Sydney. „Er hat dich noch nie zu sich nach Hause eingeladen, und ich habe auch noch nie eine andere Frau dort gesehen."

Das klingt vielversprechend. Diese Einladung ins Heiligtum könnte bedeuten, dass ich jemand Besonderes für ihn bin.

„Und es seid nur ihr beide", sagt Jenna und streicht ihr blondes Haar aus dem Gesicht. Sie hat sich ihre vormals kurzen Haare wachsen lassen. „Daher würde jede vernünftige Frau schließen, dass es ein Date ist."

„Da stimme ich dir zu. Hier steht ganz dick Date drauf", sagt Harper. „Und deswegen will ich wissen, was du anziehen wirst. Ich werde auf Videoanruf umschalten, damit ich mir deinen Schrank ansehen kann."

„Ja!", sagt Jenna. „Lasst uns das nuttigste Outfit suchen, das sie hat."

Jenna und Sydney springen vom Sofa und gehen in mein Schlafzimmer. Ich nehme mein Handy und folge ihnen. Harper ruft einen Moment später zurück, und ich nehme ihren Videoanruf an.

Jenna öffnet meinen Schrank und schiebt sofort meine Arbeitskleidung beiseite. „Nichts mit einem Peter-Pan-Kragen und definitiv keine Hose."

Ich sitze auf meinem Bett und beobachte, wie Jenna durch meinen Schrank wühlt und Sydney in meiner Kommode gräbt.

„Ich sehe nichts als dein verzweifeltes Gesicht", sagt Harper zu mir. „Willst du wirklich nicht hingehen und sehen, wohin es führt?"

„Aber was, wenn es nirgendwohin führt? Ich darf mir nicht ständig Hoffnung machen."

„Dann sei entspannt und lass ihn die Initiative ergreifen. Er muss sich öffnen, um sich dein wunderbares Selbst zu verdienen."

Ich richte mich auf. „Das klingt nach einem brillanten Plan. Soll er doch derjenige sein, der seine Gefühle gesteht. Danke, Harper."

„Er wird seine Gefühle nicht gestehen", sagt Sydney. „Er wird sich einfach an dich ranmachen."

„Das ist praktisch dasselbe", sagt Jenna.

Meine Gedanken schießen zu dem Moment, als Drew heute die Strähne hinter mein Ohr gestrichen hat, seine Stimme rau, seine dunklen Augen aufmerksam auf meine gerichtet. Mein Magen prickelt angesichts der Erinnerung. Ich würde liebend gern mehr seiner Moves kennenlernen.

„Halt mich in Richtung Kleiderschrank", sagt Harper.

Ich drehe das Handy in Richtung Schrank, wo Jenna einen weichen schwarzen Pullover hochhält und mich fragt: „Betont der deine Brüste?"

„Schätze?"

Sydney kommt rüber und hält eine Jeans hoch, damit Harper sie sehen kann. „Zieh ihn mit dieser Jeans an."

„Ooh, ja", sagt Harper. „Diese Jeans sieht schön eng aus. Zeig mir die Schuhe."

Ich zeige ihr die Schuhe, die in einer Reihe unten in meinem Schrank stehen. Es gibt keine große Auswahl. Es sind zwei Paar flache Schuhe in Schwarz und Beige, bequeme schwarze Pumps und schwarze hochhackige Stiefel, die ich trage, wenn ich größer wirken will. Mit eins fünfundfünfzig bin ich klein.

„Es müssen die Stiefel sein", sagt Harper.

„Du brauchst wirklich mehr sexy Schuhe", sagt Jenna. „Was mit Riemchen und Spaß."

„Es ist ein Basketballspiel im Fernsehen", sage ich. „Ich werde nicht in einem kleinen schwarzen Kleid und Stilettos da auftauchen."

Sydney nimmt mir mein Handy ab. „Komm schon, Aud, probier das Zeug schon an. Weißt du, wie lange wir schon auf diesen Tag warten?"

„Ewig?" Ich ziehe mein weiches Baumwollhemd aus und den Pullover an.

„Genau. Diesmal habe ich ein gutes Gefühl."

Mein Puls trommelt in meinen Adern, Aufregung strömt durch mich. Ich sage mir, ich solle meine Reaktion runterfahren. Harper hat recht, dass ich mich beruhigen muss. Das ist meine einzige Verteidigung. Ich ziehe meine weite ausgewaschene Jeans aus und die Skinny Jeans an. Sie umschmeichelt mich an genau den richtigen Stellen und ist dank des elastischen Materials trotzdem bequem.

Jenna stellt meine hohen Siefeletten neben mich. „Die Absätze erleichtern dir den ersten Kuss. Und er bekommt keine Rückenschmerzen, wenn er sich zu dir runterbeugen muss."

Meine Freundinnen lachen schallend.

„Ha-ha." Mein Gesicht wird rot, als ich mich aufs Bett setze, um die Stiefel anzuziehen. Hoffnung schleicht sich in mein Herz. Das hier geschieht wirklich. Ein erstes Date mit dem Mann, den ich liebe, solange ich mich erinnern kann.

Ich stehe auf. „Okay, was denkt ihr?"

Jenna bedeutet mir, mich umzudrehen. Ich mache eine langsame Drehung.

„Hübsch", sagt Harper.

„Das ist das Outfit", sagt Sydney.

„Ich würd's mit dir machen", sagt Jenna.

Wir lachen.

Ich lege die Hände ineinander, während die Nervosität mich packt. Ich kann nicht widerstehen, herauszufinden, ob sich die Dinge zwischen uns wirklich geändert haben, aber was, wenn er mich wieder zurückweist? Kann mich wirklich dazu durchringen, wieder nur mit ihm befreundet zu sein? Das Maß an Herzschmerz, das ich ertragen kann, ist begrenzt.

Sydney hebt mein Haar und hält es mir oben auf den Kopf. „Was denken wir, Ladys, Haare oben oder unten?"

„Unten", sagt Harper. „Gott, ich wünschte, meine Haare wären glatt wie deine."

„Und ich habe mir immer gewünscht, meine Haare wären lockig wie deine", sage ich.

„Ich habe meine Haare immer so gemocht, wie sie sind", sagt Sydney. „Warum etwas wollen, das man nie haben kann?"

Und ist das nicht die Frage, mit der ich schon so lange wegen Drew zu kämpfen habe? Vielleicht kann ich diesmal haben, was ich immer wollte. Es gibt nur einen Weg, das herauszufinden.

4

Audrey

Am nächsten Tag gehe ich auf wackeligen Beinen den Bürgersteig vor Drews Haus entlang, mein Herz klopft. Ich habe mir gut zugeredet, ich solle mich entspannen, aber jetzt, wo ich hier, in diesem Moment bin, ist es unmöglich. Ich fühle die Dinge tief und kann keine Fassade aufbauen. Aber wissen Sie was? Ich kann ihn die Führung übernehmen lassen. Er hat mich eingeladen, er kann mir auch zeigen, dass er wirklich mehr als nur befreundet sein will. Er sagte, dass es das ist, was er sich erhofft hatte, mit einer rauen Stimme, die Schauer durch mich gejagt hat. Ich werde ihn beim Wort nehmen. Schließlich hat er mich noch nie zu sich eingeladen.

Ich klingle an Drews Haus im Ranch-Stil am Ende derselben Straße, in der sein Bruder Adam wohnt. Es muss schön sein, den Bruder so in der Nähe zu haben. Ich wohne zur Miete im ersten Stock eines Einfamilienhauses gemietet, das in ein Apartmenthaus umgebaut worden ist.

Die Haustür wird einen Augenblick später geöffnet. Drew lächelt, seine dunklen Augen sind aufmerksam auf meine gerichtet. „Hi! Komm rein."

Mein Mund wird trocken. Ich gehe hinein und sehe mich um. Wow! So viel zum Thema nüchtern. Die Wände sind weiß, ohne jegliche Dekorationen. Parkettboden ohne Teppiche. Es gibt nur ein schwarzes Ledersofa, einen Glastisch und einen Fernseher an der Wand.

„Hier, ich nehme deine Jacke", sagt er und hilft mir aus meiner leichten Daunenjacke.

„Danke!"

So gute Manieren! Vor ein paar Jahren, als ich die Hoffnung auf Drew aufgegeben hatte, bin ich auf die Online-Dating-Route gegangen. Nach vielen schrecklichen Dates hat sich meine Liste dessen, was ich bei einem Mann suche, auf zwei Dinge beschränkt: Gute Manieren und dass er gerne liest. Drew erfüllt die Liste! Welch Schocker! Obwohl er erst vor Kurzem mit dem Lesen angefangen hat, hauptsächlich Militärgeschichten und was auch immer wir im Buchclub lesen. Wusste er von meiner Liste? Er hat vielleicht hören können, wie ich mit meinen Freundinnen im Horseman Inn darüber gesprochen habe. Er war oft zur Ladies' Night dort und hat sich das Spiel am anderen Ende der Bar angesehen.

Er hängt meine Jacke in Garderobenschrank in der Nähe auf. „Setz dich, während ich die Snacks hole."

„Brauchst du Hilfe?"

„Nein, ich mach' das schon."

Er nimmt die Fernbedienung vom Couchtisch und schaltet den Fernseher auf einen lokalen Sender für das Spiel ein. Ich sehe mich um. Er ist sehr ordentlich. Nirgendwo Staub oder Schmutz. Ich schätze, es ist einfacher, die Dinge sauber zu halten, wenn es kaum was gibt.

Einen Moment später kommt er mit einer großen Schüssel Popcorn und einem Teller mit Schokoladenkeksen zurück. Meine Augen weiten sich. Meine beiden Lieblingssnacks!

„Hast du Sydney gefragt, was ich mag?"

„Nein, ich wusste noch, dass du die am liebsten gemocht hast, wenn du zu uns nach Hause gekommen bist. Und du hast gesagt, wenn du etwas einmal magst, magst du es für immer."

„Danke! Magst du diese Snacks denn auch?"

„Ich werde Popcorn essen. Ich verzichte auf Zucker, aber

du solltest es trotzdem genießen. Die Cookies sind von Summerdale Sweets." Das ist Jennas Konditorei.

Ich lächle. „Großartig!"

Er stellt die Snacks auf den Sofatisch und geht zurück in die Küche. Ich beiße in einen Schoko-Cookie. Dafür könnte ich sterben! Ich mache ein Foto von den Snacks und schicke es an die Gruppe mit Sydney, Jenna und Harper.

Jenna: *Ich habe die Kekse gemacht, also wusste ich das schon. Gute Wahl mit dem Popcorn.*

Ich schicke schnell ein lächelndes Emoji zurück und lege mein Handy weg, als Drew mit einem Glas Weißwein für mich und einem Bier für sich zurückkommt.

„Ist das mein Lieblings-Pinot-Grigio?", frage ich.

„Sag du es mir."

Er setzt sich aufs Sofa, ein bisschen weiter weg, als ich dachte. Das ist doch ein Date, oder?

Ich trinke einen Schluck Wein, und es ist mein Lieblingswein. „Ist es. Ich vermute, du bist der Grund, warum dieser Pinot Grigio immer wieder auf Partys auftaucht, zu denen ich gehe."

Er grinst. „Erwischt!"

Ich lache. Wenn er mir früher auf Partys ein Glas Wein gebracht hat, hat er immer gesagt, er habe ihn in der Küche „gefunden", obwohl ich ihn selbst nie gefunden habe. Eine süße Geste, von der ich schon lange vermutet habe, dass er dahintersteckt. Er hat immer auf mich aufgepasst und dafür gesorgt, dass ich mich wohlfühlte. So lange habe ich gedacht, der Grund sei, dass er mich in die ‚Kleine Schwester'-Schublade gesteckt hat, aber jetzt bin ich mir nicht mehr so sicher.

Er trinkt einen Schluck Bier. „Schaust du dir sonst auch Basketball an?"

Ich nehme mir eine Handvoll Popcorn. „Nein. Ich sehe mir gar keinen Sport an."

„Da verpasst du was. Ich sehe mir das ganze Jahr über Sport an – Basketball, Baseball, Football. Ich sehe mir sogar Fußball an, wenn nichts anderes läuft."

„Ich sehe mir romantische Komödien und Dramen an."

Er nickt und nimmt Popcorn. „Das Spiel fängt gleich an. Lass mich wissen, wenn du Fragen hast."

Die Spieler laufen auf den Platz, und ich bin überrascht zu sehen, dass es das UConn-Frauenteam ist. Ich kenne keinen Typen, der sich Frauensport ansieht. Das ist so cool!

Ich drehe mich zu ihm um. „Ich wusste ja gar nicht, dass du dir Frauenbasketball ansiehst. Warte! Das machst du aber nicht, um sie in Shorts zu sehen, oder?" Die wenigen Male, die ich mir während der Olympischen Spiele Schwimmen angesehen habe, war, um die Männer in ihren knappen Badehosen zu bewundern. Hey, ich bin auch nur ein Mensch.

Er kaut und schluckt. „Sie sind das beste College-Team des Landes. Natürlich sehe ich mir das an. Wirklich konkurrenzfähige Spieler und ein toller Coach. Schh, es fängt an."

Ich schürze meine Lippen. Wir dürfen während des Spiels nicht reden? Das ist aber nicht sehr romantisch. Ich nippe an meinem Wein und esse Popcorn. Halb beobachte ich große athletische Frauen, die den Platz rauf und runter laufen, halb beobachte ich Drew, um zu sehen, ob er mich bemerkt. Tut er aber nicht. Er klebt an dem Spiel.

Ich stelle mein Weinglas auf den Sofatisch, Frustration steigt in mir auf. Ich kann nicht anders. Er ignoriert mich im Grunde! Nach all den Malen, die er mich enttäuscht hat, erwäge ich ernsthaft zu gehen.

Ich nehme beiläufig mein Handy vom Couchtisch und schicke der Gruppe eine SMS.

Ich: *Er hat mich hierher eingeladen, damit wir uns das Spiel schweigend ansehen. Ich überlege, ob ich gehen soll.*

Sydney: *Geh nicht. Meine Brüder sind alle Sportverrückte. Ernste Sache. Allein schon eingeladen zu werden, ist ein Kompliment.*

Jenna: *Da stimme ich zu.*

Harper: *Zu früh, um jetzt schon abzuhauen. Lass die Dinge laufen.*

Ich ziehe meine Lippen zur Seite und schaue Drew an.

Er sieht mich an. „Alles in Ordnung?"

„Mmm-hmm."

„Ich sag' dir kurz was zu den Spielern, während sie im Time-Out sind. Verletzung beim anderen Team."

Ich höre zu, als er mir die Nachnamen der Spielerinnen und ihre starken Seiten aufzählt. Ich weiß nicht, wie ich darauf reagieren soll, also nicke ich und lächle. Dann denke ich daran, wie ich Drew zum ersten Mal in den Buchclub eingeladen habe. Wir haben ein Buch über eine Frau besprochen, die im späten Leben aufblüht – weit weg von Drews Komfortzone militärischer Geschichten – und er hat die ganze Zeit hauptsächlich zugehört. Sein einziger Kommentar war, dass es „anders" sei. Ich schätze, er war nicht in seinem Element, genau wie ich hier nicht in meinem Element bin. Damals war ich einfach begeistert, ihn in eine Gemeinschaftsaktion einbeziehen zu können.

Obwohl, wenn ich jetzt so darüber nachdenke, habe ich ihn auch bei den Stadtkomitees gesehen, für die ich mich angemeldet habe, wie zum Beispiel das Winterfest und die Sommerregatta. Meldet er sich meinetwegen für Gemeindeaktivitäten an? Er hat mir heimlich Pinot Grigio für jede Party gekauft, auf der ich war. Vielleicht sind seine Signale alle verdeckt. Das würde zu seinem militärischen Profil passen. Soll ich ihn wissen lassen, dass er offensichtlicher sein soll?

Nein, ich weigere mich, mich wieder zu offenbaren. Das hier muss von ihm ausgehen.

„Irgendwelche Fragen?", fragt er. „Das war ja schon eine Menge."

„Nein. Ich schätze, da die Spielerinnen alle vier Jahre ihren Abschluss machen, musst du immer mit den neuesten Entwicklungen Schritt halten."

„Ja. Es geht um gutes Coaching und ein herausragendes Rekrutierungsprogramm." Er wendet sich wieder dem Fernsehen zu. „Es geht weiter."

Ich esse Popcorn und starre aus Höflichkeit auf den Bildschirm. Er lädt mich in sein Leben ein. Das ist großartig. Wenn wir zusammenlebten, würden wir das am Wochenende tun. Ist es falsch, dass ich bei unserem ersten Date lieber in einem netten Restaurant wäre? Vielleicht können wir das nach dem Spiel machen.

Ein Glas Wein, eine riesige Menge Popcorn und zwei Kekse später ist Halbzeit. Jetzt bin ich zu voll zum Essen. Upps! Das war's mit meiner Dinner-Date-Idee.

Er dreht sich zu mir um. „Was meinst du?"

„Es ist ein viel schnelleres Spiel als Baseball." Ich sehe oft, wie Drew sich das Yankees-Spiel im Fernsehen in der Horseman Inn Bar anschaut. Ich schätze, er geht einfach gern manchmal aus dem Haus, um Sport zu sehen.

Er lächelt. „Ja. Baseball ist definitiv langsamer."

„Wo ist dein Badezimmer?"

Er deutete hinter sich in Richtung Flur. „Erste Tür links. Möchtest du noch mehr Wein? Ich trinke keinen, also gehört er ganz dir."

„Klar."

Ich gehe den Flur hinunter. Es gibt zwei Schlafzimmer auf meiner rechten Seite und eines direkt hinter dem Badezimmer. Ich schaue in das gegenüber dem Badezimmer. Es ist voll mit Fitnessgeräten und Kurzhanteln. Ich weiß nicht mal, was man mit der Hälfte davonmacht.

Ich blicke zurück ins Wohnzimmer. Er ist noch in der Küche. Ich sterbe vor Neugier. Das Zimmer nebenan ist sein Schlafzimmer, ebenfalls nüchtern. Ein Kingsize-Bett aus hellem Holz, passende Nachttische und gegenüber eine Kommode mit einem Spiegel. Schwarze Erkennungsmarken hängen an der Ecke des Spiegels. Die habe ich noch nie gesehen. Gefällt ihm die Erinnerung an seine Army Ranger Tage?

Ich drehe mich um, um zu gehen, und stehe Drew von Angesicht zu Angesicht gegenüber. Ich keuche, meine Hand legt sich an meinen Hals. Er schleicht wie ein Ninja.

„Was machst du da?", fragt er.

„Tut mir leid. Ich war neugierig und hab mich ein wenig umgesehen."

„Ich hätte dir alles gezeigt, wenn du darum gebeten hättest. Es gibt nicht viel zu sehen."

„Du hältst die Dinge ziemlich sparsam." Ich riskiere einen

Blick über seine Schulter in das dritte Schlafzimmer, in dem ein Keyboard steht. „Spielst du Klavier?"

„Ich bringe es mir selbst bei."

„Cool."

Er betrachtet meinen Gesichtsausdruck. „Sonst noch was, das du wissen möchtest?"

„Ich habe deine Erkennungsmarken gesehen. Wie kommt es, dass du sie nie trägst?"

„Sie sind nicht dazu bestimmt, von einem Zivilisten getragen zu werden. Als ich im aktiven Dienst war, habe ich sie im Stiefel behalten, für den Fall, dass ich verglühen sollte."

Ich schlage mir eine Hand vor den Mund. *Verglühen?* Ich wusste, dass er gefährliche Arbeit im Ausland macht, aber ich dachte nie, dass er aufhören könnte zu existieren. Ich habe ihn mir manchmal verletzt vorgestellt und dass ich ihn dann wieder gesund pflegte. Dumme Fantasien eines verliebten Teenagers.

„Drew, es tut mir so leid, dass ich es angesprochen habe. Das ist grässlich."

„Ist okay. Ich bin am Leben und wohlauf. Bereit, zurück ins Wohnzimmer zu gehen? Ich wollte in der Halbzeit mit dir reden."

„Ja. Vergiss nicht, was du sagen wolltest. Ich muss immer noch mal ins Bad."

Nachdem ich im Bad fertig bin, möchte ich meinen Freundinnen unbedingt eine SMS schicken. Plötzlich bin ich nervös. Er hat gesagt, er hoffe, wir könnten mehr als nur Freunde sein. Ist dieses Gespräch seine Art, einen Schritt zu machen? Ich möchte nicht wieder enttäuscht werden. Leider liegt mein Handy auf dem Couchtisch, also atme ich tief durch und kehre ins Wohnzimmer zurück.

Er sieht auf und lächelt mich verkrampft an.

Ist er so nervös wie ich?

Ich setze mich neben ihn.

Er räuspert sich. „Ziemlich aufregende Neuigkeiten, dass Eve aus deinem Buch einen Film machen will."

„Ja, ist es. Ich habe noch nicht mehr davon gehört, falls du dich das fragst."

Seine braunen Augen blicken in meine, und er rutscht näher, nah genug für einen Kuss. Mein Atem stockt, Hitze strömt durch meinen Körper. Ich habe schon so lange von diesem Moment geträumt.

„Aud, du weißt, ich möchte nur, dass du glücklich bist. Ich möchte, dass du alles hast, wovon du träumst."

Dann küss mich.

Ich beuge mich vor. Sein holziger Duft wäscht über mich und macht mich schwindlig vor Lust. „Danke! Das möchte ich auch für dich."

„Und ich fand die Version, die ich von deinem Buch gelesen habe, großartig."

Ich beuge mich noch weiter vor, mein Herzschlag donnert in meinen Ohren.

Er zieht sich zurück. „Was tust du denn da?"

„Das hier ist doch ein Date, oder?"

„Möchtest du, dass es ein Date ist?"

Er weicht mir immer aus. Was soll das?

„Ja", sage ich. „Ich meine, ich hätte mich nicht für ein Date entschieden, bei dem wir uns ein Spiel ansehen, aber wenn du das machen willst, dann ist es für mich in Ordnung."

Er reibt sich eine Hand über das Gesicht. „Du bist so ein guter Mensch."

„Wie eine gute Freundin?"

„Ja, und mehr, aber ..."

Ich stürze mich nach vorn für einen Kuss, und er zuckt weg und springt vom Sofa auf. Es passiert alles so schnell, dass ich das Gefühl habe, ein Schleudertrauma zu haben. Frustration und Verlegenheit kämpfen in mir. Und dann werden meine Augen heiß, Schmerzen lassen sich tief in mir nieder. „Du willst mich nicht küssen?"

„Ich kann nicht."

„Warum nicht?" Ich halte den Atem an. „Warum stehst du? Gehst du? Das hier ist dein Haus. Ich werde gehen."

Er setzt sich neben mich. „Geh nicht. Ich kann dich nicht küssen, bis ich dir erklärt habe, was ich getan habe."

„Was hast du getan?"

„Zuerst möchte ich wissen, dass du mir deswegen nicht die nächsten zwei Jahre die kalte Schulter zeigen wirst."

„Wann habe ich dir die kalte Schulter gezeigt?"

„Komm schon, du weißt doch. Nachdem du mir gesagt hast, dass du in mich verliebt bist, und ich dir gesagt habe, dass es eine kindliche Schwärmerei ist. Du kanntest mich nicht einmal. Jetzt tust du es, und ich hoffe, das bedeutet, dass du keinen Groll hegen wirst."

„Einen Groll", wiederhole ich, und mir gefällt nicht, wie sich das anhört. „Du hast also meine Gefühle zurückgewiesen, als ich dir mein Herz entblößt habe, und irgendwie ist das mein Problem, weil ich einen Groll hege?"

„Ja. Und deshalb sollst du mir versprechen, diesmal keinen Groll zu hegen."

Ich schnaube. „Weißt du, Drew, jedes Mal, wenn ich zulasse, dass ich mich dir nähere, endet es in einer Demütigung für mich." Ich stehe auf. „Also, nein, danke. Ich verzichte. Danke für die Snacks und das Spiel. Ich muss jetzt gehen." Ich schnappe mir mein Handy und stecke es in meine Handtasche.

„Wann wurdest du gedemütigt?", fragt er und hört sich wirklich verwirrt an.

Ich ziehe den Garderobenschrank auf, nehme mir meine Jacke und stopfe die Arme in die Ärmel. „Weißt du, Jenna sagt, du bist ein ahnungsloser Alpha, und ich habe dich immer verteidigt, aber die Tatsache, dass ich jedes Mal erklären muss, wenn du mich behandelt hast, als bedeuteten dir meine Gefühle gar nichts, ist eine weitere Demütigung für sich, weil du nicht einmal wusstest, dass ich echte Gefühle preisgebe!"

Ich öffne die Tür, in der Hoffnung, dass er mich mit einem von Herzen kommendem Geständnis seiner Gefühle aufhält. Nichts.

Das war's! Ich bin es leid!

Ich schlüpfe durch die Tür und aus Drews Leben – für immer.

5
____

Drew

Am Montag komme ich früh in die Bibliothek zum Frühjahrskirmesmeeting, weil es Zeit ist, mich neu aufzustellen. General Cupido muss sich hier einbringen, da ich erst die Hälfte des Plans, den ich für todsicher gehalten habe, umgesetzt habe, und er ist jetzt schon auseinandergefallen. Anscheinend hat Audrey verletzte Gefühle wegen einer Reihe von Demütigungen, von denen ich keine Ahnung hatte. Wie soll ich ihr sagen, dass ihr Buch meinetwegen eine hoffnungslose Sache ist, obwohl sie schon sauer ist wegen Sachen, von denen ich nicht einmal wusste, dass ich sie getan habe?

Wenigstens weiß ich, dass General Cupido auf meiner Seite ist. Ich hoffe, sie wird diskret sein.

Ich trete durch den Eingang der Bibliothek und sehe Audrey am Rückgabeschalter, wo sie aufräumt. Ich hebe grüßend eine Hand, und sie verzieht finster das Gesicht und wendet sich ab. Ich atme aus und gehe auf die Loft-Ebene, wo der General mit Nicholas in einem verglasten Besprechungsraum sitzt. Nicholas gehört der Summerdale Mart, und er hat unheimliche Ähnlichkeit mit dem Weihnachtsmann. Die meisten Kinder in der Stadt glauben, er sei der Weihnachtsmann, obwohl er immer sagt, er sei nur Santas Helfer. Ich habe nie an den Weihnachtsmann geglaubt. Zu viele Handlungslöcher in der Geschichte.

Ich öffne die Tür.

„Hi, Drew!", sagt General Cupido. „Komm rein und sag mir, wie es mit unserem kleinen Plan läuft."

„Was hast du vor, Joan?", fragt Nicholas. „Verkuppelst du schon wieder?"

„Das ist mein neues Hobby. Und jetzt hör weg. Drew und ich haben viel zu besprechen."

Ich ziehe einen Stuhl neben sie und beuge mich zu ihr. „Es läuft grässlich. Ich habe die Schritte eins bis drei perfekt ausgeführt, nun, fast perfekt, sie ist keine Läuferin, aber jetzt ist sie wütend auf mich, wegen ein paar Malen in der Vergangenheit, von denen sie behauptet, ich habe sie gedemütigt, doch davon weiß ich nichts."

Der General sieht verwirrt aus. Das bin ich auch.

„Ich schwöre, ich habe sie nie gedemütigt", sage ich. „Das würde ich nicht tun."

„Natürlich würdest du das nicht."

„Sie wollte es nicht erklären. Sie sagte, sie sei sauer, dass ich nicht wüsste, was ich getan habe."

„Ah, der Klassiker", sagt Nicholas. „Wenn sie es erklären müssen, würdest du es auch nicht verstehen."

„Kümmere dich um deinen eigenen Kram!", blafft der General.

Nicholas hebt seine Hände. „Ich versuche nur zu helfen."

„Ist schon okay", sage ich.

General Cupido klopft mir auf die Hand. „Keine Sorge! Gib mir nur noch ein bisschen mehr Kontext. Was hat sie so aufgebracht?"

Ich durchforste mein Gehirn. „Irgendwas, dass immer, wenn sie zulässt, dass sie sich mir nähert, es in einer Demütigung endet."

„Wann hat sie sich dir genähert?"

„Nur einmal, aber da hat sie sich geirrt." *Kindliche Schwärmerei.* „Moment, es gab ein anderes Mal, aber da war sie betrunken. Das kann sie nicht mir anhängen." Audrey hat mich geschockt; sie kam zu einer Party ohne Höschen und zog dann langsam ihr sexy Kleid hoch. Da fing der eigentliche Ärger für mich an. Plötzlich wurde mir klar, wie sehr ich das brave Mädchen von nebenan in die Finger bekommen und schmutzige, schmutzige Dinge mit ihr machen wollte.

Der General faltet die Hände auf dem Tisch zusammen. „Dies ist eine heikle Situation. Drew, ich denke, du musst den Plan einfach weiter vorantreiben. Nur so gewinnst du ihr Vertrauen, um herauszufinden, was sie wirklich stört."

Und dann schlage ich sie mit dem schlimmsten Teil von allen? Mein Magen brennt. Das alles klingt übel.

Gerade da kommt Eve herein. Sie ähnelt ihrer Schwester Jenna, beide große Blondinen. „Hi, alle zusammen! Ich dachte, da ich dauerhaft hier in der Stadt bin, melde ich mich freiwillig. Ich weiß, dass Jenna normalerweise in vielen Ausschüssen arbeitet, aber mit Baby Theo und der Arbeit hat sie einfach nicht die Zeit."

„Hey, Eve", sage ich.

„Schön, dich zu sehen", sagt der General. „Und ich bin so froh, dass meine Bemühungen, dich und Dominic zusammenzubringen, erfolgreich waren."

„Sehr!", sagt Eve mit strahlendem Lächeln. Sie setzt sich auf den Platz neben mich.

Sehen Sie? General Cupido hilft den Menschen zusammenzukommen. Bin ich die Ausnahme von der Regel?

„Da kommt sie, Drew", sagt der General. „Lächle mehr. Ich glaube wirklich, dass das hilft."

Ich drehe mich um und lächle, als Audrey hereinkommt. Sie sieht mich nicht mal an. Wie kann ich in Ungnade gefallen sein, bevor ich ihr überhaupt die schlechten Nachrichten erzählt habe?

Ich schiebe meinen Stuhl zurück an seinen Platz. Audrey setzt sich neben Nicholas, mir gegenüber.

„So viele deiner Freunde haben im letzten Jahr ein Baby bekommen", sagt der General zu Audrey. „Du musst im Babyhimmel sein."

Audrey lächelt verkrampft. „Ja. Scheint jeder zu sein."

„Vielleicht schließt du dich ihnen bald an", sagt der General.

Audreys Augen zucken zu mir, bevor sie schnell wegschaut. „Wir werden sehen."

Denkt sie an mich als Daddy ihrer Babys? Ich hätte nichts dagegen, eigene Kinder zu haben. Ich kann gut mit ihnen umgehen, sogar mit Babys wie meinem Neffen Theo. Das sind einfach kleine Menschen. Der Schlüssel ist, mit ihnen wie mit Erwachsenen zu sprechen, damit sie sich gehört und respektiert fühlen. Kein niedliches Babygerede.

„Subtil", sagt Eve zum General.

Der General zeigt in Richtung Audrey. „Es ist eine bekannte Tatsache, dass sie sich seit Jahren mit einer eigenen Familie niederlassen will. Ihre Freundinnen waren gar nicht so sehr für sich selbst interessiert, und dann kamen bei einer nach der anderen Ehe, Baby, Ehe, lange Flitterwochen, Baby. Je nach Person."

„Es wird passieren, wenn die Zeit reif ist", sagt Eve und lächelt Audrey an.

„Genau", sagt Audrey steif. „Ich freue mich für meine Freundinnen. Und wenn es nicht sofort passiert, ist das in Ordnung, denn ich werde zu beschäftigt mit meiner neuen Schreibkarriere sein, um mich zu binden."

„Ich habe nächste Woche ein Treffen mit Claire Jordan", sagt Eve. „Wenn sie interessiert ist, werde ich dafür sorgen, dass du sie triffst."

„Großartig!", sagt Audrey. „Sobald ich höre, was damit los ist, werde ich mein Buch-Baby an Literaturagenten schicken. Es wird Zeit."

Ich versteife mich. Eve wirft mir einen Blick zu. *Weiß Eve, dass ich Audreys Buch schon rausgeschickt habe?*

Da kommt Bürgermeister Levi herein, gefolgt von Mrs. Peabody, der Direktorin der presbyterianischen Vorschule, und das Treffen wird zur Ordnung gerufen.

„Ich habe die Aufzeichnungen von früheren Frühjahrsfesten mitgebracht", sagt Levi. Er ist in seinen Dreißigern, sein getrimmter Bart müsste wieder gestutzt werden. „Ich werde dieses Jahr nicht hier sein, um es zu sehen. Ich habe ab Montag einen Filmkurs in der City belegt. Mrs. Ellis wird in meiner Abwesenheit alles koordinieren. Schön, alle zu sehen."

Er lässt seinen Papierstapel beim General, geht zur Tür hinaus und pfeift vor sich hin. Der Mann ist schon seit Jahren Bürgermeister und das unangefochten, also ist er wahrscheinlich bereit für was Aufregenderes.

Ich beobachte Audrey, wie sie dem General aufmerksam zuhört, ein freundlicher Ausdruck auf ihrem schönen Gesicht. Setzt sie immer eine freundliche Fassade auf, während sie innerlich heimlich vor sich hin brodelt? Das ist der einzige Weg, wie ich mir vorstellen kann, dass sie wegen vergangener Übertretungen sauer auf mich sein konnte, ohne dass ich es gewusst habe. Ich bin nicht so ahnungslos. Ich weiß, wenn jemand wütend auf mich ist.

Mein Verstand bewegt sich zu einzelnen Momenten mit Audrey, um herauszufinden, was sie aufgeregt haben könnte. Ich sehe sie regelmäßig in der Bibliothek, wo ich nach Militärbüchern suche, in der Horseman Inn Bar und jetzt auch im Tierheim. Soweit ich mich erinnern kann, hat sie immer gelächelt. Ich werde diesen Fall knacken.

Ich höre meinen Namen und werde abrupt aufmerksam. „Was war das?"

Der General wirft mir einen verärgerten Blick zu. „Ich sagte, du und Audrey werdet für das Marketing und die Öffentlichkeitsarbeit der Kirmes zuständig sein."

Ich schaue Audrey an, um zu sehen, ob sie damit einverstanden ist. Sie hat wieder diesen freundlichen Ausdruck.

„Ich werde mich freiwillig für den Essensverkauf melden", sagt Eve.

„Und ich werde dir dabei helfen", sagt Nicholas.

Der General weist Mrs. Peabody die Kinderspiele zu und sagt, sie wird den Karussellbetreiber selbst anrufen. „Okay, dann gehen jetzt alle an die Arbeit. Wir treffen uns nächsten Montag wieder."

Eve winkt zum Abschied und geht. Ich folge ihr in den Hauptbereich der Bibliothek unten.

„Hey, hast du mal eine Minute?", frage ich.

„Klar."

„Wie groß ist die Chance, dass Audreys Buch verfilmt wird?"

„Es ist ein langer Weg, aber ich bin hoffnungsvoll."

Ich senke meine Stimme. „Es könnte ein Problem geben."

„Ich weiß, was du getan hast. Dominic hat erzählt, du wolltest ihn dazu bringen, das Buch meinem Agenten zu geben. Du musst ihr wirklich sagen, dass du es verschickt hast, denn wenn der Filmvertrag mit Claire nicht klappt, wird Audrey als nächstes Agenten ausprobieren. Hast du was gehört?"

Ich nicke, mein Bauch ist in Aufruhr. „Alles Ablehnungen."

„*Sag es ihr!*" Sie wirft mir einen strengen Blick zu, bevor sie weggeht.

Der General erscheint an meiner Seite. „Sieht so aus, als könntest du von hier aus übernehmen." Sie meint die Sache mit Audrey.

Audrey ist nicht glücklich, und ich weiß nicht, warum. „Aber –"

Der General tätschelt meinen Arm. „Du bist ein echter Mann, und echte Männer wissen, wie man verletzlich ist."

Ich starre sie an, verwirrt. Ich dachte, echte Männer wären stark. Jetzt soll ich plötzlich verletzlich sein? Dafür bin ich nicht ausgestattet.

Audrey kommt zu uns, und plötzlich sind es nur noch wir beide. Der General ist abgehauen.

„Hi, Aud, ich habe viel über dich nachgedacht." Mein Herz flattert im Wind, verletzlich wie die Hölle. Das ist mein erster Versuch, verletzlich zu sein, und ich mag es nicht.

Sie betrachtet meinen Gesichtsausdruck. „Ich verstehe dich nicht. Du bist heiß, du bist kalt. Ich weiß nicht, wo ich stehe. Es ist extrem frustrierend."

„Ich würde dich nie absichtlich demütigen. Ich bin etwas eingerostet in Beziehungen. Wirklich eingerostet."

Sie neigt den Kopf. „Wann war deine letzte Beziehung?"

Ich führe sie zum Rückgabetisch, um mehr Privatsphäre zu haben. Die Bibliothek ist geschlossen. „Highschool. Es hatte einfach keinen Sinn, wenn ich immer wieder in ein Kriegsgebiet geschickt wurde, und als ich nach Hause kam, habe ich mein Geschäft auf den Weg gebracht, und ehrlich gesagt, war ich in keiner guten Verfassung."

Und Albträume schicken mich in den Kampfmodus. Ich bin aufgewacht, um zerstörte Sachen in meiner Wohnung zu finden. Deshalb lebe ich jetzt so karg. Ich habe darauf geachtet, nie die Nacht mit einer Frau zu verbringen, seit ich von der Army nach Hause gekommen bin, teils weil ich mir Sorgen mache, dass ich sie versehentlich in meinem halbbewussten Traumzustand angreife, und teils, weil ich mich mit niemandem verbunden habe. Das heißt, bis Audrey.

Sie seufzt. „Okay."

„Dann bist du also nicht mehr wütend?"

„Schätze nicht."

„Möchtest du Sonntagabend mit mir zu einem Familienessen bei Sydney und Wyatt gehen? Und du kannst auch deine Eltern einladen. Wenn dir jemand wichtig ist, dann ist er mir auch wichtig."

Ihr bleibt der Mund offenstehen. „Wirklich?"

„Ja."

„Okay, ich frage sie."

Ja! Die Dinge sind wieder auf Kurs.

„Großartig! Ich schicke dir die Details."

Sie schenkt mir ein zögerliches Lächeln. „Okay. Und für die Kirmes machen wir normalerweise Flyer, und jemand veröffentlicht eine Pressemitteilung in der lokalen Zeitung. Ich kann mich um die Pressemitteilung kümmern. Ist das mit den Flyern für dich okay? Einfach was Schlichtes, das man in bunten Farben kopieren kann, um es in der Stadt zu verteilen."

„Klar."

„Großartig!"

Ich zögere, will eigentlich noch mehr sagen. Wie, dass sie näherkommen soll. Ich kann die richtigen Worte nicht finden und vielleicht brauche ich sie auch nicht. Ihr Vertrauen und ihre Nähe müssen nach und nach verdient werden.

Ich trete einen Schritt zurück. „Bis bald."

Ich gehe und fühle mich gut. Ich habe gerade einen sterbenden Plan gerettet. Schritt 4 in der Tasche.

Audrey

Am Donnerstag fahre ich in die Horseman Inn Bar zur Ladies' Night. Die habe ich vermisst. Für eine Weile waren meine Freundinnen so erschöpft von ihren neugeborenen Babys, dass sie es nicht schaffen konnten, einen Abend auszugehen. Heute sind wir nur zu dritt – Sydney, Jenna und ich. Normalerweise wäre unsere Freundin Kayla auch hier, aber sie hat letzte Woche erst ihr Baby Benjamin bekommen. Und unsere andere Freundin Sloane ist in zwei Wochen fällig. Sie ist zu sehr damit beschäftigt, sich auf das Baby vorzubereiten und ihre Reality-Show über die Reparatur von Autos, *The Right Fix*, abzuschließen. Es gibt noch ein paar weitere Damen im Team, aber ihre Pläne sind voll mit Arbeit und Babys. Es regnet wirklich Babys hier. Ich freue mich für meine Freundinnen, ehrlich, und jetzt kann ich jederzeit eine Portion Baby haben, wann immer ich will.

Sehne ich mich nach meinem eigenen Kind? Ja. Aber das ist schon lange so. Ich musste mir einen neuen Fokus suchen, etwas, in das ich all meine Liebe und Energie stecken konnte, und das war mein Buchbaby. Es sieht wirklich so aus, als ob es ankommt.

„Da ist sie ja!", ruft Sydney von der anderen Seite des Raumes aus. „Schaff deinen Arsch hier rüber für den Pseudo-Buchclub." Das war früher unser Donnerstagabend-Buchclub, den ich gegründet habe, aber niemand hat die Bücher je gelesen. Sydney hat es in den Donnerstagabend-Weinclub umbenannt, da wir meistens Wein getrunken haben. Heutzutage trinken meine Freundinnen Sprudelwasser wegen Schwangerschaften und zu stillenden Babys. Sydney gehört das Horseman Inn, also hat sie alle Arten von aromatisiertem, prickelndem Wasser auf Lager.

Sie hält neben mir an, und ich umarme sie. „Wie fühlst du dich?"

Sie lächelt, ihre hellbraunen Augen funkeln. „Großartig! Das zweite Trimenon ist Gold wert. Nicht mehr übel und noch nicht riesig."

„Hallo-o-o", sagt Jenna von Sydneys anderer Seite und kneift ihre grünen Augen in meine Richtung zusammen. „Wo ist meine Umarmung, Lady?"

Ich springe von meinem Barhocker und gehe hinüber, um Jenna zu umarmen. Ihre weichen blonden Haare haben endlich ihre Schultern erreicht. „Längeres Haar sieht gut an dir aus."

„Danke!"

Sydney wirft ihre lockigen, dunklen Haare über die Schulter. „Was ist mit mir? Ich habe längere Haare."

„Du solltest einen kürzeren Schnitt ausprobieren", sagt Jenna und schneidet ihr eine Grimasse. Sie muss immer necken.

Ich klettere wieder auf meinen Barhocker und lächle sie an. „Deine Haare sehen auch toll aus."

Betsy kommt, um unsere Bestellungen aufzunehmen. Jenna und Sydney nehmen Sprudelwasser mit Kirschgeschmack, also tue ich das Gleiche. Jenna ist nicht schwanger, aber sie stillt.

„Irgendwelche Neuigkeiten von der Drew-Front?", fragt Jenna.

Ich schaue mich nur um, um sicher zu sein, dass er nicht still in einer Ecke sitzt und sich das Spiel ansieht. Er ist oft da, wenn wir Ladies' Night haben. Moment mal! Ist das ein weiterer seiner heimlichen Moves, um mit mir zusammen zu sein? Ich denke an jedes Mal, dass ich Drew hier gesehen habe. Bevor ich zu den Drew-Nachrichten antworten kann, meldet sich Sydney zu Wort.

„Ooh, ich kenne die neueste. Er hat sie für Sonntag zu einem Familienessen bei mir eingeladen!"

„Warum wurde ich nicht zum Familienessen eingeladen?", fragt Jenna. „Ich habe einen Robinson geheiratet."

„Eli hat es nicht erwähnt?"

„Nein!" Sie zieht ihr Handy raus, um ihrem Mann eine SMS zu schreiben. Drews Eltern sind verstorben, aber seine Geschwister leben alle in der Stadt – Sydney, Eli, Adam und Caleb.

Ich nicke. „Das stimmt. Ihr habt diese lustigen Familienessen ohne mich, also wollte er mich mit einbeziehen. Er hat auch meine Eltern eingeladen."

Jenna bleibt der Mund offenstehen. „Deine Eltern? Wird er sie um Erlaubnis bitten, dich zu heiraten?"

Meine Augen weiten sich.

Sydney keucht. „Meinst du, darum geht es?"

Ich hebe eine Hand. „Wartet, Leute, er will mich nicht einmal küssen. Es ist ein ziemlich großer Schritt, von wo aus wir sind, zur Ehe."

„Wo *seid* ihr denn?", fragt Jenna.

Ich lasse die Schultern hängen. „Ich weiß es nicht! Er ist heiß, er ist kalt. Gemischte Signale, so viel ist sicher."

Sydneys Brauen ziehen sich zusammen. „Er war heiß? Er ist immer kühl, ruhig und gefasst. Wann genau war er heiß?"

Meine Hand flattert in der Luft, meine Wangen werden rot. „Ich weiß es nicht! Manchmal lehnt er sich vor, und es scheint, als würde er die Chemie vielleicht auch spüren, oder er sagt was Süßes, wie dass er viel an mich gedacht habe."

Beide starren mich an und sehen so verwirrt aus wie ich.

„Aber er will dich nicht küssen", sagt Jenna.

„Ich weiß! Und das verstehe ich nicht!" Ich atme kräftig aus. „Er hat mehr als einmal gesagt, dass er mich in seinem Leben will."

„Als Freund", sagt Jenna.

„Nein, er sagte doch mehr als nur Freunde, erinnerst du dich?", sagt Sydney.

Jenna beugt sich vor. „Was genau ist passiert, als du dich zum Kuss vorgebeugt hast?"

Ich seufze. „Er sagte, er könne mich nicht küssen, bis er erklärt habe, was er getan hat, und dann hat er mich gegaslighted und so getan, als ob ich der Grund wäre, warum er es mir noch nicht gesagt hätte, weil ich einen Groll hege. Ich hege nie einen Groll, oder?"

„Den Teil, dass er erklären müsse, was er getan hat, hast du noch nie erwähnt", sagt Sydney.

„Was hat er getan?", fragt Jenna.

Ich denke darüber nach. Ich habe ihm keine Gelegenheit gegeben, es zu erklären. Wenn ich es getan hätte, hätten wir dann endlich unseren ersten Kuss gehabt?

„Ich weiß nicht", sage ich schließlich. „Ich bin gegangen, nachdem er immer wieder darüber gesprochen hat, wie nachtragend ich bin. Ich sollte ihm versprechen, es nicht zu sein. Ich war beleidigt."

„Es muss was wirklich Großes sein", sagt Sydney. „Drew reißt normalerweise einfach das Pflaster ab und erledigt das harte Zeug."

„Vielleicht muss er ihr sagen, dass er ihr ein Haus gekauft hat", sagt Jenna.

Wir beide werfen ihr finstere Blicke zu.

Jenna wirft ihre Hände hoch. „Was? Es ist romantisch, und es würde das Familienessen mit ihren Eltern erklären. Er wird ernst."

„Drew hat ein Haus", sagt Sydney. „Warum sollte er ihr ein anderes Haus kaufen?"

Jenna zeigt auf mich. „Das Haus ihrer Eltern steht zum Verkauf. Vielleicht hat er es als Verlobungsgeschenk gekauft, und beim Familienessen wird er ihr einen Antrag machen und ihr die Nachrichten über das Haus erzählen."

Ich lege die Hand an meine Kehle. „Glaubst du das wirklich?"

Sydney neigt nachdenklich ihren Kopf. „Er hält seine

Emotionen fest unter Verschluss, also weiß ich es nicht. Ich denke, wenn jemand es wüsste, dann du, Aud."

„Aber ich weiß es nicht!", rufe ich, über alle Maßen frustriert. „Ich bin so verwirrt."

„Ihr müsst wirklich reden", sagt Jenna.

„Je mehr wir reden, desto verwirrter bin ich", sage ich.

„Dann ist es an der Zeit zu handeln", sagt Sydney.

Ich starre sie an. „Und wie?"

Jenna wackelt mit den Hüften. „Lass deinen Körper reden."

„Igitt, das ist mein Bruder", sagt Sydney zu Jenna. Sie dreht sich zu mir um. „Sie hat recht."

„Hal-lo-o-o? Er will mich nicht einmal küssen."

Sie sehen mich mitleidig an.

„Hast du deutlich gemacht, dass du versucht hast, ihn zu küssen?", fragt Jenna. „Du kannst sehr subtil sein."

Ich presse meine Lippen zu einer flachen Linie zusammen. „Erinnerst du dich an Skylars und Gages Verlobungsfeier letzten Sommer?"

„Oh!", ruft Jenna aus und zeigt auf mich. „Sie wird uns endlich sagen, was sie mit ihm in der Küche gemacht hat."

„Er war schockiert", sagt Sydney. „Ich habe ihn noch nie so schockiert gesehen."

Ich fahre grimmig fort: „Ich hatte es satt, dass er mich wie eine kleine Schwester behandelt, also sagte ich ihm, dass ich keine Unterwäsche trage, und habe langsam mein Kleid für die große Enthüllung hochgezogen, und er ist weggelaufen! Ich war so gedemütigt, dass ich gleich danach gegangen bin. Ich konnte ihm einfach nicht mehr in die Augen sehen."

„Dann hast du sein schockiertes Gesicht nicht gesehen", sagt Sydney.

„Nein, aber was soll's, dass er schockiert war? Er sollte angetörnt sein."

Sydney schüttelt den Kopf. „Er ist tough. Vielleicht solltest du dich anderweitig umsehen."

„Aber er hat so viele andere großartige Qualitäten", protestiere ich. „Er ist der Mann, auf den man sich auf lange

Sicht verlassen kann. Richtig, Syd? Du sagst immer, er sei für dich und deine Brüder da."

Sydney lächelt und drückt meinen Arm. „Ich wollte nur sichergehen."

„Jemand muss diesem ahnungslosen Alpha einen Hinweis geben", sagt Jenna.

„Sehen wir mal, was er für das Familienessen geplant hat", sagt Sydney.

„Ich habe Angst, mir zu große Hoffnungen zu machen", gebe ich zu.

„Tu es oder stirb!", sagt Jenna. „Zeit, es geschehen zu lassen oder weiterzuleben."

Ich habe schon so oft versucht weiterzuleben. Ich hatte Freunde, viele erste Dates, eine ernsthafte Beziehung, die vier Monate gehalten hat, in meinem Abschlussjahr an der Highschool, aber ich komme immer wieder auf Drew zurück.

Ich erzähle ein bisschen mehr über Drew, das mich verwirrt. „Leute, sein Haus sieht aus wie eine leere Tafel, obwohl er dort seit Jahren lebt. Nur ein paar Möbel und sonst nichts. Keine Deko, keine Farbe, keine Teppiche."

„Vielleicht wartet er darauf, dass seine zukünftige Frau den Ort belebt", sagt Jenna.

Ich drehe meine Haare, sehne mich nach dieser Zukunft, aber ich habe Angst, meine Hoffnungen wieder zerschlagen zu bekommen.

„Oder er hat kein Gespür für Dekoration", sagt Sydney.
Wir lachen.

Jenna neigt ihr Glas in meine Richtung. „Wenn es mit Drew nicht klappt, sagt Eve, dass Dominics zwei jüngere Brüder verdammt heiß sind. Etwas jünger als du, aber mach dir nichts draus."

„Richtig", sage ich schwach.

„War nur ein Scherz."

„Was gibt es Neues zu deinen Filmnachrichten?", fragt Sydney.

„Natürlich leben wir stellvertretend durch dein aufregendes Leben", sagt Jenna. „Wir sind jetzt alte verheiratete Damen."

„Hey, sprich du für dich", sagt Sydney.

Ich lache. Es ist das erste Mal, dass ich diejenige bin, die das aufregende Leben hat. Die ganze Zeit war ich neidisch auf ihr Leben, und sie halten mein Leben für cool. Ich erzähle ihnen von dem Treffen in der nächsten Woche und was ich über Claire Jordans Produktionsfirma durch meine Recherchen erfahren habe. Ich kann mehr coole Dinge in meinem Leben passieren lassen. Ich bin die Autorin meiner eigenen Geschichte.

Wenn ich Drew am Samstag im Tierheim sehe, werde ich ihn gleich fragen, was es mit dem Familienessen mit meinen Eltern auf sich hat. Keine Besessenheit und kein Rätselraten mehr. Die Zeit ist reif.

6

———

Drew

Als ich mich am Samstag in der Liste der ehrenamtlichen Mitarbeiter im Tierheim eintrage, bin ich der Erste des Tages. Normalerweise kommt Audrey vor mir her. Es scheint, als ob die Dinge für uns wieder auf Kurs sind. Für das Familienessen morgen Abend ist alles bereit, und Audreys Eltern, Mr. und Mrs. Fox, werden auch da sein. Wirklich nette Leute. Es gibt nur noch einen letzten Schritt in meinem todsicheren Plan, den Deal abzuschließen, und dann wird Audrey mit mir verbunden sein und viel mehr Verständnis dafür haben, was ich mit ihrem Buch getan habe. Es ist, wie wenn Soldaten sich zusammenschließen, nachdem sie zusammen das Boot Camp durchlaufen haben.

„Hey, Drew!", sagt Roxie und kommt zu mir. „Wie ist es mit dem Laufen?"

„Hey, Roxie! Wie immer." Ich sollte sie wohl Dr. Shields nennen.

„Ich nenne mich jetzt Roxanne, erinnerst du dich? Roxie war das wilde Mädchen, das ich in Rente geschickt habe." Sie zwinkert. „Oder doch nicht?"

Ich zucke die Schultern.

Sie räuspert sich. „Wir haben zwei Welpen, die einen Spaziergang und eine gründliche Spielzeit brauchen. Es sind

Jack Russell Terrier, Brüder aus demselben Wurf. Glaubst du, du könntest sie übernehmen?"

„Klar."

Sie bedeutet mir, ihr zu einem großen Zwinger zu folgen, den die Hunde sich teilen. „Sie sind zehn Monate alt und wurden von ihren Besitzern verlassen, als sie umzogen." Die Hunde springen vorn im Zwinger hoch und wollen unbedingt raus. Sie sind mittelgroß, mit spitzen Ohren, beide weiß, mit hellbraunen Abzeichen.

„Sie wollen gern spielen", sage ich.

„Sie sind nicht sehr sozial. Das müssen wir tun, bevor wir ein Heim für sie suchen können."

Sie öffnet den Zwinger und befestigt schnell eine Leine an jedem ihrer Halsbänder. Sie stürmen zusammen heraus und schnüffeln am Boden. Sie gibt mir die Leinen. „Sie gehören dir."

Ich nehme die Leinen. „Wie heißen sie?"

„Harry und Truman. Der mit den schwarzen Ohren ist Truman."

Harry Truman war ein Army-Mann. Ein großartiger, abgesehen davon, dass er unser Präsident war. Ich habe seine Biografie gelesen. Ich frage mich, ob das bedeutet, dass die Hunde für mich bestimmt sind. Ich habe schon darüber nachgedacht, mir einen Hund zuzulegen. In letzter Zeit hat sich mein Haus so ruhig und leer angefühlt.

„Okay, Harry, Truman, Gassi!" Ich führe sie zur Hintertür, und sie springen daran hoch. „Wartet!", befehle ich und ziehe sie zurück. Ich öffne die Tür, während ich sie noch zurückhalte. Sobald ich aus der Tür bin, sage ich: „Okay."

Sie schießen voran, ohne den Zug an den Leinen zu bemerken. Diese beiden brauchen eine Ausbildung. Aber zuerst müssen sie etwas von ihrer Energie rauslassen.

Ich führe sie zum hinteren Teil des Grundstücks und sprinte dann mit ihnen hin und her. „Weiter so! Weiter so!" Sie sehen begeistert aus.

Audreys roter VW-Beetle fährt kurze Zeit später auf den

Parkplatz. Sie winkt und steigt aus dem Wagen. „Wer sind denn diese beiden?"

Ich gehe mit den Hunden zu ihr. „Darf ich vorstellen: Harry und Truman. Schwarzohr ist Truman."

„Ha! Das gefällt mir."

Sie springen an ihr hoch, und ich befehle ihnen runterzukommen, indem ich an ihren Leinen ziehe. Sie sind stark.

„Ich sollte sie auspowern, und dann brauchen sie wirklich Training." Ich kauere mich hin, um Harry zu fragen: „Nicht wahr?" Er leckt meine Wange. Truman schnuppert an meinem Ohr und leckt es dann. Ich lache.

„Sie mögen dich auf jeden Fall", sagt sie. „Und anscheinend beruht das auf Gegenseitigkeit. Das Lachen habe ich lange nicht gehört."

Ich stehe auf. „Es beruht tatsächlich auf Gegenseitigkeit. Ich werde dich begleiten."

„Tut mir leid, dass ich zu spät bin."

„Kein Problem."

„Es gab ein Problem mit Cinder. Sie hat mich ständig anmiaut, und ich konnte nicht herausfinden, was sie wollte. Sie hatte Fressen, Wasser, ein sauberes Katzenklo. Ich fürchte, sie hat Schmerzen, aber sie schien sich zu beruhigen, als ich sie gehalten habe."

„Schade, dass wir nicht mit Tieren reden und es herausfinden können."

„Ja. Ich glaube, ich muss sie noch mal zur Untersuchung bringen. Jedenfalls freue ich mich auf das Sonntagsessen mit der Familie. Da ich die Einzige meiner Freundinnen bin, die nicht mit einem Robinson verheiratet ist, fühle ich mich, als hätte ich die Party verpasst."

Ich bin ein Robinson. Deutet sie auf eine Ehe hin? Mein Plan funktioniert besser, als ich dachte.

Für mich ist das okay.

Ich richte mich gerader auf. „Ja, schätze schon." Ich öffne die Tür für sie, und Harry und Truman brechen zuerst durch.

Ich führe die Hunde in Richtung Wasser, bevor ich sie zu einem geschlossenen Spielplatz bringe, wo ich mehrere

Tennisbälle gleichzeitig werfe. Die Bälle prallen vom Kunststoffgehäuse ab. Der Bereich ist nicht so groß, aber zumindest muss ich mir keine Sorgen machen, dass sie weglaufen. Es ist wie Jack Russell Racquetball.

Ich bemerke Audreys Blick. Sie beobachtet mich. Ich verkneife mir ein Lächeln. Vielleicht brauche ich General Cupidos Hilfe doch nicht.

Nach einer Weile bringe ich Harry und Truman zur Fütterung zurück in ihren gemeinsamen Zwinger. Zuerst streichle ich sie beide, einen mit jeder Hand, reibe ihre Seiten. Ihre Schwänze wedeln kräftig.

„Das gefällt euch, was?", frage ich sie. „In Ordnung. Bringen wir euch erst einmal zum Fressen rein."

Ich stecke sie in den Zwinger, schließe die Tür ab und hole das Futter. Als ich mich mit ihren Schüsseln zurückdrehe, beobachten sie mich genau.

Ich schiebe zwei Schüsseln mit Futter hinein. „Als Nächstes machen wir einen weiteren Spaziergang. Kein Laufen nach dem Fressen."

Mein Blick kollidiert wieder mit Audreys. Scheint, als ob sie heute nicht aufhören kann, mich zu beobachten.

Sie lächelt. „Du kannst gut mit ihnen umgehen."

„Ja, sie sind großartig."

„Wie alt sind sie?"

„Zehn Monate."

„Du solltest sie adoptieren und in das Therapieprogramm für Best Friends Care eintragen, wenn sie ein Jahr alt sind."

„Glaubst du, sie wären gute Therapiehunde? In diesem Fall würde ich sie nicht adoptieren wollen, da ich sie nach nur zwei Monaten aufgeben müsste. Dafür ist das Pflegeprogramm schließlich da."

Sie tritt näher und spricht in einem leisen Ton. „Eigentlich dachte ich, sie wären gut für dich als Therapiehunde für dein PTBS."

Meine Schultern verkrampfen sich. „Ich habe kein PTBS."

„Du hast mir doch gesagt, dass du an Schlaflosigkeit leidest."

Albträume auch, aber das ist normal.

Ich hebe mein Kinn. „Und? Viele Menschen tun das."

„Drew, ich habe PTBS für mein Buch recherchiert. Ich kenne die Zeichen. Das ist wahrscheinlich der Grund, warum du so verschlossen bist."

„Ich bin nicht verschlossen."

„Du hattest seit der Highschool keine Beziehung. Du warst ein Einzelgänger, bis ich dich zum Buchclub eingeladen habe und hier freiwillig zu arbeiten."

Ich mustere sie einen Moment lang. Sie scheint zu denken, dass ich repariert werden muss. „Hast du mich deshalb eingeladen, Dinge zu tun, die du gerne machst? Um mir zu helfen?" Ich dachte, es wäre, weil sie daran interessiert war, mich über die kindliche Schwärmerei hinaus kennenzulernen. Und da bin ich dummerweise vorschnell zu dem Schluss gekommen, dass sie hoffte, mich eines Tages zu heiraten. Der Witz geht auf mich.

„Nun, ja", sagt sie leise. „Ich dachte, es würde helfen."

Mein Kiefer verkrampft sich. „Ich brauche keine Hilfe."

Sie hebt ihre Handflächen. „War nur ein Vorschlag."

Ich sehe zu Harry und Truman, die glücklich drauflos mampfen. „Wenn ich sie adoptieren würde, dann nicht, weil ich sie zur Therapie brauche. Mir geht's gut."

„Therapietraining ist nur eine fortgeschrittene Gehorsamsschule mit einigen zusätzlichen Verhaltensweisen. Jack Russells sind klug. Sie würden das Training wahrscheinlich lieben. Und ich glaube wirklich, dass dir das helfen würde."

Ich wende mich ab, angepisst. Die ganze Zeit dachte ich, Audrey sähe mich so, wie ich bin, einen erfolgreichen Geschäftsinhaber, einen Mann, der seinem Land ehrenvoll gedient hat. Nein, sie sieht mich nur als Wohltätigkeitsprojekt.

Ich mache mich in finsterer Stimmung wieder an die Arbeit und weiche ihrem zaghaften Lächeln und den suchenden Blicken aus. Mir geht's gut, und ich muss nicht repariert werden.

~

Sydney legt eine Hand auf meinen Arm. Wir sind in ihrer Küche, bevor das Familienessen am Sonntag serviert wird. „Sei einfach direkt. Was anderes sage ich nicht. Du verwirrst sie." Sie meint Audrey.

Ich starre meine jüngere Schwester an, irritiert, dass sie sich einmischt. Sie starrt unbeirrt zurück. Meine kleine Schwester hat das kastanienbraune Haar und die hellbraunen Augen unserer Mutter, aber sie hat ihre Süße nicht geerbt. Sydney ist tough. Ich schätze, als sie mich bat, ihr dabei zu helfen, das Essen zum Esstisch zu bringen, wollte sie mir eigentlich nur einen Vortrag halten.

Ich senke meine Stimme. „Sie ist diejenige, die mich verwirrt und sagt, ich habe sie mehrmals gedemütigt. Du weißt, dass ich nicht so bin."

„Nun, sie ist verwirrt."

„Worüber?"

„Wie du empfindest."

„Ich habe sie auf jede Weise in mein Leben eingeladen, wie ich nur konnte. Offensichtlich ist sie mir wichtig."

„Dann sag ihr das."

Ich verkrampfe den Kiefer. „Wusstest du, dass sie versucht, mich zu reparieren? Sie hält mich für einen traurigen Einzelgänger."

„Du bist zurückhaltend, wie Adam."

„Danke!"

Und sie denkt, ich sei beschädigt. Jemand mit einer schweren Behinderung, der einen Therapiehund braucht. Zwei sogar! Die Therapie verdoppeln, weil ich so ein schwerer Fall bin. Ich kann mich nicht überwinden, es zu sagen. Ich habe meinen Dienst geleistet und die Army ehrenvoll verlassen. Ich habe mein Leben im Griff. Was weiß Audrey schon?

Sydney wedelt mit einer Hand vor meinem Gesicht. „Drew?"

„Was?"

„Warum blickst du so finster drein?"

„Das tue ich gar nicht. Was soll ich tragen?"

„Kannst du die Prime Rib Platte nehmen?" Sie zeigt darauf, während sie drei Beilagen in Schüsseln nimmt und diese perfekt ausbalanciert, während sie in Richtung Esszimmer geht. Sie hat früher als Kellnerin im Restaurant unserer Familie, dem Horseman Inn, gearbeitet. Jetzt leitet sie es. Als ich jünger war, habe ich da die Tische abgeräumt, bevor ich zur Army ging.

Ich stelle die Platte in die Mitte des Tisches und kehre in die Küche zurück, um zu sehen, was ich sonst noch für Sydney tragen soll.

Sie kommt rein. „Ihr müsst nur reden, die Luft klären."

Schuld sticht auf mich ein. Wie oft habe ich versucht, dieses Gespräch zu führen, in dem ich zugebe, dass ich Audreys Buchaussichten ruiniert habe?

„Okay?", fragt sie und bedeutet mir, zwei Schüsseln Kartoffelpüree zu nehmen.

Ich nehme die Schalen. „Wenn die Zeit reif ist."

Sie schnaubt und geht mit einer riesigen Schüssel Salat.

Als wir im Esszimmer ankommen, frage ich: „Noch was?"

„Nur das Brot und die Butter beim Toaster", sagt Sydney.

„Ich mach' schon."

Sie lächelt. „Danke!" Sydney ist im fünften Monat schwanger mit eineiigen Zwillingsjungen. Es hat sie nicht ausgebremst, aber ich denke, sie sollte sich ausruhen, solange sie kann.

Nachdem ich das letzte Essen auf den Tisch gestellt habe, setze ich mich neben Audrey und ihren Eltern gegenüber, Mr. und Mrs. Fox. Ich sollte ihre Vornamen kennen. Ich habe sie immer Mr. und Mrs. Fox genannt. Sie sind beide klein, daher ist es kein Wunder, dass Audrey nur eins dreiundfünfzig groß ist. Mr. Fox, kahl mit blauen Augen, scheint ein glücklicher Kerl zu sein. Mrs. Fox ähnelt Audrey mit schulterlangen dunklen Haaren, blauen Augen und ähnlichen Gesichtszügen wie Audrey, runden Wangen und einem spitzen Kinn.

Alle reden und lachen, der Lärmpegel steigt schnell an.

Mein Schwager Wyatt in meiner Nähe, am Kopf des

langen Esstisches, sagt laut: „So schön, alle zu sehen. Greift zu!"

Ich nehme mir selbst Kartoffeln. Wyatt und Sydney sitzen an gegenüberliegenden Enden des Tisches, wobei jeder von ihnen behauptet, das sei der Kopf des Tisches. Ihre einjährige Tochter Quinn sitzt in einem Hochstuhl neben Sydney. Neben ihnen gibt es noch meine jüngeren Geschwister – Caleb mit seiner hochschwangeren Frau Sloane und Eli mit seiner Frau Jenna. Baby Theo sitzt auf Jennas Schoß. Mein Bruder Adam ist zu Hause mit seiner Frau Kayla und ihrem neugeborenen Sohn Benjamin.

Ja, alle meine jüngeren Geschwister sind verheiratet und haben Kinder, oder Kinder sind unterwegs. Das war nicht der Weg für mich. Ich dachte, jetzt wäre ich mit Audrey dran, bin mir aber nicht mehr so sicher. Sie sieht mich nicht so, wie ich dachte. Und wem mache ich eigentlich was vor mit diesem, *komm ihr näher und sag ihr dann, dass ich ihr Buch hinter ihrem Rücken rausgeschickt habe*. Das wird niemals funktionieren. Ich lasse meine Gefühle meine Gedanken trüben, was ich sonst nie tue.

Etwas landet auf meinem Fuß. Ich schaue unter den Tisch und entdecke Wyatts und Sydneys Hunde. Snowball, ein weißer Shih Tzu, hat seine Vorderpfoten auf meinem Fuß und sieht hoffnungsvoll aus. Ein Rippchen geht in diese Richtung. Rexie, eine Pitbull-Mischung, hat den Kopf gesenkt, aber die Ohren sind gespitzt. Alle meine Geschwister haben Hunde. Es wäre schön, nach Hause zu kommen, um an der Tür herzlich begrüßt, anstatt von Stille empfangen zu werden.

Audrey sieht mich von der Seite an und flüstert: „Bist du sauer auf mich?"

„Nein." *Ein wenig.* Ich verstehe, dass sie es gut meint; sie irrt sich nur. Ich bin nicht beschädigt. Mir geht's gut.

„Drew, es war so nett von dir, uns in euer Familienessen einzubeziehen", sagt Mrs. Fox mit einem Lächeln.

„Ich freue mich, dass Sie kommen konnten", sage ich.

Mr. Fox gestikuliert zwischen mir und Audrey hin und

her. „Schön, dass ihr beide endlich zusammengekommen seid. „Audrey —"

„Dad! Ich habe dir doch gesagt, dass wir nur Freunde sind."

Sie hat mich immer angebetet, dann ist sie erwachsen geworden. Und jetzt hält sie mich für beschädigte Ware.

Mr. Fox schüttelt den Kopf. „Ich glaube nicht, dass jemand deine Eltern zu seiner Familie einlädt, wenn er es nicht ernst meint."

Plötzlich ist es still, alle hören dem Gespräch an diesem Ende des Tisches zu.

Audrey streicht sich die Haare hinter die Ohren. „So ist es nicht." Sie deutet ans andere Ende des Tischs. „Bitte, esst doch alle!"

Alle fangen wieder an zu essen, aber ich spüre ihre neugierigen Blicke.

Mrs. Fox beginnt, mir Fragen zu meiner Arbeit zu stellen. Ich erzähle ihr, dass es bei den Martial Arts um Ehre, Respekt und Ermächtigung geht, Worte, nach denen ich lebe. Sie stellt immer weiter Fragen über die verschiedenen Kurse, also erzähle ich ihr von den kleinsten Kindern bis zu den schwarzen Gürteln. Ich biete auch Kickboxen an.

Audrey ist sehr still an meiner Seite. Ich schaue hinüber und sehe, wie sie rot wird. Schätze, es ist ihr peinlich, dass ihre Eltern mir Fragen stellen. Mir macht das nichts.

„Wie ist der Plan für den Ruhestand?", frage ich sie.

„Ich werde noch mehr fotografieren", sagt Mrs. Fox. „Die Blue Ridge Mountains sind spektakulär." Sie fahren nach Asheville, North Carolina, sobald ihr Haus hier verkauft ist.

„Ich habe vor, einen Malkurs zu belegen", sagt Mr. Fox. „Es gibt eine lebendige Kunstgemeinschaft in Asheville."

„Wir müssen tatsächlich direkt nach dem Abendessen gehen, um unser Haus für einige potenzielle Käufer vorzubereiten", sagt Mrs. Fox und blickt entschuldigend zu Wyatt. Er zeigt ihnen mit einer Geste, dass das in Ordnung ist.

Mr. Fox sieht mir in die Augen. „Hast du vielleicht Interesse an einem Haus mit drei Schlafzimmern und zwei Badezimmern in einer ruhigen Straße?"

„Ich besitze bereits mein eigenes Haus", sage ich.

„Ich könnte interessiert sein", sagt Audrey.

„Schatz, wir dachten nicht, dass du es dir leisten könntest, ein Haus mit deinem Gehalt zu kaufen", sagt Mr. Fox.

Sie hebt ihr Kinn. „Mit meinem Buch geht's voran. Es könnte verfilmt werden. Und wenn das nicht klappt, bin ich zuversichtlich, es jetzt an Literatur-Agenten zu schicken."

„Ja, Audrey!", sagt Sloane von ihrem Platz neben Mrs. Fox. Sie beugt sich für ein High Five über den Tisch. Sloane ist Automechanikerin, eine Frau weniger Worte, das heißt, sie ist wirklich beeindruckt.

Jenna und Sidney tauschen einen besorgten Blick aus. *Mist!* Sie müssen wissen, was ich getan habe. Wie? Ich verbinde die Punkte miteinander. Eve muss es ihrer Schwester Jenna erzählt haben, die es Sidney erzählt hat. Es muss neu sein, sonst hätte Audrey es längst gewusst.

Ich muss es einfach loswerden. Es ist ohnehin nicht so, als hätte sie mich auf dem Heldensockel. Meine Brust schmerzt. Sie denkt, ich müsste repariert werden. Beschädigt.

„Nun, ich schätze, es kommt auf das richtige Timing an", sagt Mr. Fox.

Jenna beugt sich vor, ein verschlagener Glanz in ihren Augen. „Aud, du musst kein Haus kaufen. Du könntest einfach in Drews Haus einziehen."

Im Raum wird es still.

Audrey schnaubt. „Richtig."

„Themenwechsel", sage ich. Kein Gespräch, das ich mit der Gruppe führen möchte. Davon sind wir sowieso weit entfernt.

Das Gespräch wendet sich Babys und ihren Entwicklungsmeilensteinen zu. Audrey und ich sind still.

„Wir sollten uns später unterhalten", flüstere ich Audrey zu.

Sie seufzt. „Wir haben in letzter Zeit viele Gespräche geführt, und der Inhalt war sehr unzureichend."

Ich versteife mich. „Was soll das denn heißen?"

Nicht nur, dass es im Raum wieder still wird, sondern die am anderen Ende des Tisches beugen sich sogar vor, um zuzuhören. Audrey ist zu beschäftigt, um das zu bemerken.

Sie schürzt die Lippen. „Ich meine, du sagst mir, dass wir reden müssen, und dann sagst du mir einfach etwas, das ich schon weiß, wie, dass wir Freunde sind. Ich glaube, ich brauche keine weiteren Gespräche."

„Es ist nichts, was du schon weißt."

Sie sieht mir in die Augen. „Warum hast du mich und meine Eltern hierher eingeladen?"

Die Augen ihrer Eltern bohren sich in die Seite meines Kopfes. „Weil."

„Was weil?"

Ich schlucke schwer und will meinen Plan oder seinen Zweck nicht preisgeben, besonders nicht vor lauschendem Publikum. Ich deute vage auf ihre Eltern. „Ich wollte deine Familie besser kennenlernen."

Sie steht abrupt auf. „Entschuldige mich."

Sie rennt praktisch aus dem Raum. Ich will ihr nachgehen, aber ich weiß nicht, was ich sagen soll. Irgendwie habe ich wieder was falsch gemacht.

Das Abendessen wird mit lauter Unterhaltung einen Moment später fortgesetzt. Ich beende meine Mahlzeit schnell und erwäge zu gehen. Ich kann Audrey später im Buchclub oder im Tierheim treffen und sie dazu bringen, mir zuzuhören. Heute Abend ist sie definitiv nicht in der Stimmung.

Audrey kehrt ohne ein Wort zurück und beendet ihr Abendessen schweigend.

Ein paar Minuten später schiebt Mr. Fox seinen Stuhl zurück. „Tut mir leid, wir müssen gehen. Wir müssen das Haus in Ordnung bringen, damit am Montagmorgen eine Besichtigung stattfinden kann." Er steht auf. „Wyatt, Sydney, danke für das Abendessen."

Mrs. Fox steht auch auf. „Ja, vielen Dank!"

Alle verabschieden sich von ihnen.

Wyatt steht auf. „Ich werde Sie hinausbegleiten."

„Würde es Ihnen was ausmachen, wenn Drew uns rausbringt?", fragt Mr. Fox.

„Ich mache es", sagt Audrey.

Mr. Fox zögert kurz und sagt schließlich: „Okay, Schatz."

Sie gehen.

Wyatt schmunzelt in meine Richtung. „Du bist gerade nochmal davongekommen. Der überfürsorgliche Dad wollte das *Was sind deine Absichten mit meiner Tochter*-Gespräch führen. Ich kann es kaum erwarten, die Jungs zu erschrecken, wenn meine Tochter anfängt, zu daten."

Ich schüttle den Kopf. Ich habe nicht gerade das Gefühl, gerade nochmal davongekommen zu sein. Ich habe das Gefühl, dieser ganze Plan war sinnlos, denn wenn Audrey hört, was ich getan habe, wird sie mir nicht vergeben. Sie denkt, ich wäre beschädigt, und sie wird alles durch diesen Filter sehen. Nur noch mehr Beweise, dass ich repariert werden muss.

Wyatt beugt sich vor. „Du wirst sie verlieren, wenn du nicht deinen Schritt machst. Frag mich nicht, woher ich das weiß." Sydney muss ihm was gesagt haben.

Gibt es noch einen anderen? Oder ist Audrey es leid, mich reparieren zu wollen?

Mein Magen brennt. Mir gefällt keine dieser Möglichkeiten.

~

Audrey

„Dad, ich habe dir gesagt, da ist nichts als Freundschaft zwischen uns. Ich weiß nicht, warum du mir nicht glaubst."

„Es ist die Art, wie du Drew ansiehst", sagt Mom.

Dad nickt. „Ja. Und wie er dich ansieht, als wärst du die wichtigste Person im Raum."

Ich schnaube. „Er sieht mich *nicht* so an."

„Ihr verbringt viel Zeit miteinander", sagt Mom. „Im Karatekurs, im Buchclub, im Tierheim, und jetzt hat er dich zum Familienessen eingeladen."

„Das bedeutet was", sagt Dad. „Ich habe deine Mutter zu meinen Eltern gebracht, als ich wusste, dass ich sie heiraten wollte."

Lustig, Jenna und Sydney haben dasselbe gesagt. Wir sind so weit davon entfernt, dass es lächerlich ist. „Das ist nicht das, was hier passiert. Gute Nacht." Ich umarme sie beide.

„Sag ihm, was du empfindest", drängt Mom.

Ich lächle verkrampft. „Ich empfinde, dass wir besser dran sind, wenn wir nur Freunde sind. Er ist extrem frustrierend, und ich kann wirklich nicht ertragen, wie verschlossen er ist."

Mom drückt meine Schulter. „Ich verstehe, aber er hat viel durchgemacht, hat seine beiden Eltern verloren, sich um seine vier jüngeren Geschwister gekümmert, seine Arbeit bei den Special Forces –"

„Army Ranger", ergänzt Dad.

„Ja, und jetzt betreibt er sein eigenes Geschäft."

Ich seufze. „Ich kenne seine Geschichte, danke." Und er weigert sich, zuzugeben, dass ich weiß, wie man Dinge für ihn repariert. Ich kann sein Leben besser machen. PTBS ist nichts, wofür man sich schämen müsste.

Mom küsst meine Wange. „Okay, wir sprechen uns bald. Hab dich lieb."

Dad lächelt. „Bye. Hab dich lieb."

„Hab euch beide auch lieb."

Ich gehe zurück ins Esszimmer, wo alle immer noch am Tisch sitzen und sich weiter unterhalten. Meine Laune sinkt in den Keller. Drew ist nicht auf seinem Platz. Ich weiß nicht, warum mir das was macht. Er ist wahrscheinlich im Bad oder so. Er wäre doch nicht gegangen, ohne sich zu verabschieden, oder? Er ist derjenige, der mich hierher eingeladen hat.

„Audrey, du wirst begeistert sein", sagt Sydney. „Wyatt hat einige Erstausgaben für unsere Bibliothek gekauft, und eine davon ist *Stolz und Vorurteil*."

Ich keuche. Jane Austen ist meine absolute Lieblingsautorin. Ich lese *Stolz und Vorurteil* jedes Neujahr von vorn. Diese Erstausgabe muss ein Vermögen gekostet haben. Natürlich ist Wyatt ein Tech-Milliardär im Ruhestand. „Ist das dein Ernst?"

„Ja, sieh dir das an."

Ich stehe auf, ganz aufgeregt, es zu sehen. Wyatt hat eine unglaubliche Bibliothek mit handgefertigten, vom Boden bis zur Decke reichenden Holzregalen. Es gibt sogar eine Rollleiter, um die hohen Regale zu erreichen, die ich schon benutzt habe, weil ich klein bin. Ich gehe zum hinteren Teil des Hauses. Es ist dunkel im Flur, aber in der Bibliothek ist das Licht an. Ich schätze, sie haben es für mich angelassen.

Ich trete ein, und die Tür schlägt hinter mir zu. Ich wirbele herum, als ich höre, wie ein Schlüssel im altmodischen Schloss gedreht wird. „Hey! Sydney!"

Ist das eine Art Scherz?

Drew steht aus einem Ledersessel mit hoher Rückenlehne auf. „Audrey?"

7

Ein heißer Schauer rauscht durch mich hindurch. „Was tust du hier drin?"

„Ich brauchte nur eine Verschnaufpause. Sind wir eingesperrt?"

Ich deute zur Tür. „Ja! Sydney hat uns gerade eingesperrt!"

Er geht zur Tür und rüttelt an der Klinke. Als glaubte er mir nicht.

Sydney sagt durch die Tür: „Wir lassen euch raus, sobald ihr euch alles erzählt habt. Das heißt auch du, Drew. Und wage es nicht, diese Tür aufzubrechen. Wyatt hat sie von einem Antiquitätenmarkt in England."

Ich muss fragen. „Es gibt also keine Erstausgabe von *Stolz und Vorurteil*?"

„Tut mir leid! Das war ein Köder", sagt Sydney. Sie klingt überhaupt nicht, als täte es ihr leid.

Ich verziehe das Gesicht.

Jenna meldet sich zu Wort. „Aud, erinnerst du dich, als du Eli geholfen hast, mich im Namen der Liebe zu entführen?"

Ich schließe die Augen, erkenne die Rache. Eli hat mich gebeten, ihm zu helfen, Jenna mit einem Roadtrip zu überraschen, in der Hoffnung, ihre Beziehung auf ein neues Level zu bringen. Ich bin in Jennas Konditorei gegangen, um für sie zu übernehmen, und habe ihr nur hinterhergewinkt, als Eli sie über seine Schulter warf und sie zu ihrem romantischen Zufluchtsort hinaustrug. Der Stoff, aus dem Romane sind. Bis auf all ihr Geschrei und dass ihr Cop-Verehrer ihr Handschellen anlegen musste. Jedenfalls ist alles gut ausgegangen. Jetzt sind sie verheiratet und haben ein Baby.

Trotzdem ist das nicht dasselbe wie in einem Raum eingesperrt zu werden. Sosehr ich Bücher mag, ich würde das hier nicht romantisch nennen. Eher wie ein Gefängnis. Wie kann ich mich entspannen und nach Herzenslust lesen, wenn Drew wie ein Löwe im Käfig auf- und abgeht?

„Aud?", fragt Jenna.

„Ja, natürlich erinnere ich mich", sage ich seufzend.

„Ich hoffe, dass es für dich genauso gut ausgeht. Hab dich lieb!"

„Bye!", sagt Sydney fröhlich. „Oh, da drin ist eine Bar, wenn ihr einen Drink braucht, um den Ball ins Rollen zu bringen."

Sie gehen weg und sprechen dabei leise miteinander. Gratulieren sich wahrscheinlich.

Ich drehe mich zu Drew um. „Was wird wohl nötig sein, um hier rauszukommen?"

„Hast du mir was zu sagen?"

„Eigentlich tue ich das. Ich denke, ich werde diesen Drink nehmen." Ich gehe zu der Bar auf einem alten Schnapswagen und inspiziere das Angebot. Scheinbar gibt es verschiedene Arten von Whiskey. Wyatt ist ein Whiskey- und Bierliebhaber. Sie sind wahrscheinlich teuer, nicht, dass ich es wüsste. Ich halte mich an Pinot Grigio. Ich gieße einen Tumbler mit einem hübschen bernsteinfarbenen Whiskey ein und biete ihn Drew an.

„Nein, danke."

Ich trinke einen Schluck. Er brennt sich einen Weg meine Speiseröhre hinunter in meinem Magen. *Hoo!* Es ist, als würde man Feuer trinken. Ich kippe mehr davon in meine Speiseröhre. Ja, ich gürte meine Lenden. Ich werde Drew *alles* sagen, und dann kann er sich damit befassen. Der Mann sollte genau wissen, wie nervig er ist. Ich stelle das Glas geräuschvoll ab.

Meine Muskeln entspannen sich. Das ist ein kräftiger Whiskey. Ich mache mich auf den Weg zum roten Samtsofa neben dem Ledersessel, in dem Drew sich gerade niedergelassen hat. Dieses Sofa ist so weich, dass es geradezu darum bettelt, man möge sich darauf ausstrecken.

Ich lege ein großes Kissen hinter mich und lege mich hin. Dann erinnere ich mich an meine Schuhe, schlüpfe heraus und wackele in gemütlichen Socken mit meinen Zehen.

Er beugt sich vor, Ellbogen auf die Knie. „Also, was ich dir sagen wollte –"

„Ich zuerst, weil ich eine Liste habe."

Er richtet sich auf. „Eine Liste?"

Ich nicke. „Von all den vergangenen Demütigungen, die ich so leid bin, mit dir zu erleben. Tatsächlich hast du Glück, dass ich überhaupt noch mit dir rede."

„Okay", sagt er langsam.

Ich halte einen Finger hoch. „Erstens schäme ich mich, dass ich dir geschrieben habe, als wärst du mein Tagebuch, als ich ein übererregter Teenager war."

„Aud, ich habe dir doch gesagt, dass mir diese E-Mails gefallen haben. Sie waren so hell und glücklich. Du weißt gar nicht, wie viel mir das im Kriegsgebiet bedeutet hat."

Ich setze mich auf. „Wirklich? Du hast sie nicht insgeheim für dumm gehalten?"

„Nein. Ich fand sie süß. Wie dich."

Ich streiche meine Haare zurück. „Oh."

„Du bist die Einzige, die so mit mir in Kontakt geblieben ist. Alle anderen einmal im Monat oder so, außer Dad, der sich wöchentlich nach mir erkundigte. Es hielt mich am Laufen, weil ich wusste, dass jemand da draußen an mich dachte."

Und zu denken, dass ich so lange von diesen sprudelnden E-Mails besessen war, während er sie wirklich schätzte! Jetzt fühle ich mich so viel besser!

Ermutigt lasse ich mich zurück auf das Kissen fallen und

fahre fort: „Vor vier Jahren habe ich den Mut aufgebracht, dir zu gestehen, dass ich Gefühle für dich hatte und das schon sehr lange Zeit. Dann hast du meine Gefühle komplett zurückgewiesen und gesagt, es sei nur eine kindliche Schwärmerei und nicht real. So demütigend!"

„Das war demütigend?"

Ich wedele durch die Luft. „Und das erste mit den E-Mails, wenn auch nicht mehr so sehr jetzt. Und auch andere Dinge."

„Aber, Aud, kanntest du mich vor vier Jahren wirklich so gut? Kannst du verstehen, warum ich das, was du gesagt hast, und die E-Mail-Sache vielleicht zusammengenommen habe und zu dem Schluss gekommen bin, dass du mit ein wenig Heldenverehrung zu mir aufgeblickt hast, aber es nicht für echt gehalten habe?"

Ich verziehe das Gesicht. „Nein. Weil ich damals eine erwachsene Frau war."

„Ich vermisse die Zeit, als ich dein Held war."

Ich starre ihn überrascht an. Er wusste, dass ich ihn vergöttert habe, und mochte es. „Nun, das hast du dir auf jeden Fall nicht anmerken lassen!"

„Ich gehe mit meinen Emotionen nicht so hausieren, wie du es tust. Das bedeutet nicht, dass ich sie nicht habe."

Mir fällt auf, dass ich die Dinge nicht aus seiner Perspektive betrachtet habe. Nicht einmal ein bisschen. Ich war so verstrickt in meinen wirbelnden Emotionen, dass ich das Offensichtliche übersehen habe – er ist von einer anderen Art. Das macht mich neugierig.

„Wie drückst du deine Gefühle aus?"

„Durch Taten, schätze ich. Ich kann nicht großartig mit Worten umgehen."

Ich sollte das Zeug wirklich aufschreiben. Das hier ist Gold wert. *Konzentrier dich!* Ich rutsche zum Ende des Sofas und sitze ihm jetzt aus nächster Nähe gegenüber. „Mit deinem Gesichtsausdruck verrätst du auch nicht viel. Deine Augen sind vorsichtig, dein Gesicht oft leer."

„Ich würde gerne sagen, dass das meine militärische

Ausbildung ist, aber ich war schon immer sehr diskret. Adam ist genauso, weißt du. Das ist genetisch."

Ich stoße einen Finger in die Luft. „Nicht bei Sydney, Eli oder Caleb!" Das sind seine jüngeren Geschwister.

„Sie kommen nach Moms offeneren Persönlichkeit. Adam und ich sind wie Dad."

„Aber dein Vater war immer freundlich."

„Er konnte freundlich sein, aber er hat auch seine Sorgen für sich behalten. Wir wussten nicht, wie schlecht es dem Restaurant ging und wie viele Schulden er angehäuft hatte, bis nach seinem Tod."

Ich denke darüber nach. Wenn seine Nichtausdruckskraft genetisch ist, kann er das nicht ändern. Es ist seine Natur. Und es scheint kein Problem für den reservierten Adam und seine Frau Kayla zu sein. Sie sind unheimlich glücklich. Offensichtlich hat Kayla, die so spritzig und ausdrucksstark ist, es geschafft, Adam zu verstehen. Ich muss nur den Drew-Code knacken.

Das wirft die Frage auf: Warum bin ich schon so lange in ihn verliebt, wenn er mich doch bei jeder Gelegenheit frustriert?

Die Anziehung war schon immer da, wenn auch erbärmlich lange einseitig. Erst in letzter Zeit habe ich definitiv bemerkt, dass die Chemie auf beiden Seiten existiert. Er ist unbestreitbar hinreißend und extrem sexy. Was ist sonst noch an Drew? Ich sehe in seine Augen und lasse die Emotionen in mir aufsteigen. Meine Kehle schnürt sich zu. Ich weiß, warum.

Jetzt muss er es wissen.

Ich öffne ihm mein Herz. „Ich wusste schon immer, dass du ein guter Kerl bist, dem seine Familie wichtig ist, der das Richtige tut, selbst wenn es schwer ist, und –" meine Stimme erstickt – „ich wusste, dass du jemand bist, dem ich meine geheimsten Gedanken anvertrauen kann."

„Das kannst du. Ich schwöre es, aber ich sollte –"

„Ich bin noch nicht fertig."

Er wirft mir einen ernsten Blick zu. „Was noch?"

Ich atme tief durch. Jetzt geht's wirklich ums Ganze. Ich muss all meine vergangenen Schmerzen rausbringen, damit ich über sie hinwegkommen kann. Irgendwie ist das die schlimmste Demütigung, wahrscheinlich weil es so viel Mut brauchte, es zu versuchen. „Als ich versucht habe, dich zu verführen –"

„Warte. Du hast versucht, mich zu verführen?"

Ich schnaube. „Ja. Bei Skylars und Gages Verlobungsfeier."

„Als du betrunken warst?"

„Ich war überhaupt nicht betrunken!"

„Aber du hast dich so untypisch verhalten."

Anscheinend ist es untypisch für mich, sexy zu sein.

Ich blicke zur Decke und bete um Geduld. „Ich wollte wissen, ob du mich so sexy findest wie ich dich. Also ging ich auf die Party, in einem Kleid ohne was darunter, habe dir das erzählt, und als du einfach nur ausdruckslos gestarrt hast, hab' ich langsam mein Kleid an meinem Bein hochgezogen, was ich für eine sexy Bewegung hielt. Totale Fehlzündung. Du hast mich einfach alleingelassen. Offensichtlich warst du nicht im Geringsten angetörnt. Eine weitere Demütigung, die ich auf die Liste aufnehmen sollte."

Er nimmt meine Hand und küsst die Handfläche. Ein Schock rast meinen Arm hoch. „Ich war angetörnt, glaub mir. Mein Verlangen wächst mit jeder Minute, die ich mit dir verbringe, seit ich nach Hause zurückgezogen bin, aber ich dachte nicht, dass ich dich verdient habe."

„Was! Warum?"

Er starrt auf meine Hand in seiner. „Weil du so süß und gut bist. Und ich nicht." Er sieht mir in die Augen, der Schmerz ist in ihnen zu sehen. „Ich habe einem Mann das Leben genommen, viele Male. Das geht nicht spurlos an einem vorbei, ein Leben zu nehmen. Und ich habe meine Einheit im Stich gelassen. Ich habe zwei Soldaten unter meinem Kommando verloren. Gute Männer."

Mein Herz schmerzt für ihn. „Das war im Dienst. Und ich

bin sicher, es war nicht deine Schuld, dass du zwei Soldaten verloren hast."

„Als ihr befehlshabender Offizier waren sie meine Verantwortung."

Ich drücke seine Schulter. „Du bist zu hart zu dir selbst."

Er reibt sich eine Hand über das Gesicht. „Ich konnte nie der Heldenverehrung gerecht werden, die du für mich hattest. Du kanntest mich nicht. Nicht wirklich."

Ich schweige einen Moment lang, während ich die Dinge aus seiner Sicht bedenke. Mit PTBS zu kämpfen, ist ernster Mist. Es trifft mich, dass die Wand, die er hochgezogen hat, der Grund, warum er mich immer zurückdrängt, das PTBS ist. Es ist nicht etwas, mit dem er allein durch Schlaflosigkeit und Alpträume zu tun hat, es wirkt sich auf jeden Teil seines Lebens aus. Jetzt habe ich einen möglichen Weg, zu ihm durchzudringen. Das ist der Schlüssel zu *allem*. Ich bin einen Moment begeistert lang und verstehe endlich, was zwischen uns gestanden war. Und dann bin ich traurig über all die Zeit, die wir verloren haben, weil er es so gut verborgen hat und ich so beschäftigt damit gewesen war, mich verletzt zu fühlen, dass ich es nie gesehen habe. Ich kann nicht glauben, dass ich nie darauf gekommen bin. Natürlich wird sein Trauma seine Beziehungen beeinflussen.

Und er hat recht mit meiner früheren Liebeserklärung. Es war verfrüht. Ich war verliebt in die idealisierte Version von ihm in meinem Kopf – den coolen großen Bruder, der mir kleinem Mädchen das Gefühl gab, dazuzugehören, den tapferen Soldaten, der seine Pflicht erfüllte, den Mann, der sich um seine jüngeren Geschwister kümmerte, nachdem sie ihre Eltern verloren hatten. Ich habe ihn aus der Ferne geliebt, weit oben auf dem Heldensockel, und ich musste ihn aus nächster Nähe kennenlernen. So wie ich es jetzt tue.

„Noch was auf der Demütigungsliste?", fragt er vorsichtig.

Mein Herz zieht sich zusammen. Ich habe all das auf ihn geschoben, während ich diejenige war, die dem, was nicht da war, Bedeutungsebenen hinzugefügt hat. Vielleicht können wir jetzt, wo wir uns wirklich unterhalten und kennenlernen, die Dinge auf authentische Weise voranbringen.

„Nur noch eine Sache." Ich gestikuliere durch die Luft. „Nein. Egal."

Er setzt sich neben mich auf das Sofa und nimmt meine Hand in seine. Ich starre auf seine größere Hand, die meine warm umhüllt. Unsere Oberschenkel berühren einander, wir sind uns näher als je zuvor. Mein Körper summt in Erwartung.

„Du kannst es mir erzählen", sagt er.

Ich starre geradeaus. „Du hast mich zu dir eingeladen, um ein Spiel anzusehen, was ich für ein Date hielt, aber als ich versucht habe, dich zu küssen, hast du dich zurückgezogen." Meine Augen brennen. „Vergiss es!"

Seine Hand nimmt mein Kinn und wendet mich zu ihm. „Ich werde dich küssen."

„Ich will keinen Mitleidskuss."

Sein Daumen streichelt die empfindliche Stelle unter meinem Ohr. „Ich möchte dir meine besseren Qualitäten zeigen. Sie werden skandalös übersehen."

Meine Augen weiten sich. Was für ein seltsamer Satz. Und dann treffen seine Lippen auf meine. Ein Schock brandet durch mich. Unser erster Kuss! Das habe ich so gewollt – ohhh! Sein Kuss wird lüstern, wild und heiß. Ich werfe meine Arme um seinen Hals und verliere mich in einem Sturm der Empfindung. Der Kuss geht weiter und weiter, meine Lust steigt in die Höhe. Sein holziger Duft umgibt mich, seine Hände bewegen sich auf und ab, laufen an den empfindlichen Seiten meiner Brüste vorbei. Ich stöhne tief in der Kehle.

Und dann senkt er mich unter sich, sein Mund verschlingt meinen. Seine Finger rutschen unter meine Bluse, gleiten meinen Oberkörper hoch, streicheln meine Brüste. Meine Haut brennt überall, wo er mich berührt. Ich habe das hier schon so lange gewollt. Ich ziehe das Hemd aus seiner Jeans, lasse meine Hände hinaufwandern über die mächtigen Flächen seines Rückens und liebe den warmen, geschmei-digen Muskel.

Er bewegt sich, küsst und knabbert an meinem Hals. Meine Atmung beschleunigt sich, als jeder Kuss ein Prickeln bringt, jeder Biss einen elektrischen Schlag. Jedes Nervende vibriert. Er öffnet die oberen Knöpfe meiner Bluse, entblößt mein Schlüsselbein und meine Schulter, seine Lippen streifen über die empfindliche Haut.

Ich greife nach den Knöpfen seines Hemdes, meine Finger fummeln, um sie zu lösen. Seine Lippen stoßen auf meine, seine Zunge schießt in meinen Mund. Ich greife seinen Kopf, halte ihn nah, verzweifelt, leidenschaftlich, als würde ich ohne seinen Kuss sterben. Er reißt meine Bluse auf, und Knöpfe fliegen in alle Richtungen. Der Schock kommt schwach in meinem Kopf an, ersetzt durch das sengende Gefühl seines Mundes, der meine Brust küsst.

Mit geschickten Fingern öffnet er den BH und zieht ihn mir aus. Sein Mund kehrt zu meinem zurück. Er schiebt meine Beine mit seinen auseinander und lässt sich genau dort nieder, wo ich ihn brauche. *Oh ja. O Gott!* Jede Bewegung seines Körpers bringt einen Ansturm der Empfindung. Seine Hand gleitet nach unten, um meine Brust zu streicheln. Sein Daumen gleitet über meine Brustwarze und bringt sie zu einem schmerzenden Punkt.

Ich greife erneut nach dem Knopf seines Hemdes, aber dann lässt er sich auf meinen Körper sinken, nimmt meinen Nippel in den Mund und saugt kräftig. *Himmel!* Jedes Ziehen seines Mundes ist eine direkte Verbindung zu meiner geschwollenen Scham. Ich werfe meine Hände zurück, überwältigt von Empfindung.

Er hebt seinen Kopf, seine dunklen Augen schwelen. „Du ergibst dich?"

Mein Atem stockt. „Ja."

„Exzellent."

Er bewegt sich zur anderen Brust und neckt die Spitze mit der Zunge, bevor er hart daran saugt. Meine Hüften heben sich von selbst, müssen mich antreiben. Ich stöhne laut.

„Schh." Er senkt seinen Mund auf meinen und beansprucht ihn gründlich.

Er hebt seinen Körper gerade so von meinem, dass er den Knopf und den Reißverschluss an meiner Hose öffnen und sie runterziehen kann. Ein Ansturm kalter Luft gleitet über meine erhitzte Haut.

Er unterbricht den Kuss und rutscht an meine Seite. Ich keuche. Er schiebt einen Finger unter den Bund meines weißen Spitzenhöschens. „Das ist so sexy."

„Danke! Zieh dein Hemd aus!"

Er gehorcht, macht kurzen Prozess mit den Knöpfen und schält es sich vom Leib. Er ist spektakulär. Ich streife meine Hände über seine Brust, genieße, wie er sich anfühlt, und dann setze ich mich auf, um seine Brust zu küssen, und fahre mit meiner Zunge über seine Brustwarze. Er stöhnt, neigt meinen Kopf nach oben, küsst mich wieder und senkt mich auf das Sofa.

Der Kuss ist jetzt langsam und träge, als hätte er alle Zeit der Welt. Ich entspanne mich vollkommen, meine Hände bewegen sich über seine warmen muskulösen Schultern und den Rücken. Seine Hand gleitet zu meiner Brust, dreht und zupft an der Brustwarze, bis ich mit meinem Becken wiege und den Druck seines Gewichts wieder auf mir brauche. Ich ziehe an seinem Bund.

Er beißt in mein Ohrläppchen und zieht daran. „Nein. Das hier ist nur für dich."

„Ich will dich."

Der Hauch eines Lächelns umspielt seine Lippen, bevor er seinen Mund auf meinen senkt. Diesmal gleitet seine Handfläche langsam von der Mitte meiner Brust in einer geraden Linie zu meinem Slip. Meine Finger krallen sich in seine Schultern, mein Körper wölbt sich zu ihm. Er neckt mich unter dem Bund, seine Finger gleiten hin und her und bringen Schauer von elektrischem Gefühl.

Ich unterbreche den Kuss. „Bitte mach weiter!"

Er beißt meine Unterlippe, während seine Finger zwischen meine Beine tauchen. Ein Schock von Empfindungen rast durch mich von Kopf bis Fuß, und dann wird er sanfter, küsst mich immer wieder zärtlich, während er meine

Scham streichelt, auf und ab, kreist, als wolle er mich ganz kennenlernen.

Er hebt den Kopf und beobachtet meinen Ausdruck, während seine Finger mich bearbeiten. Jedes Seufzen, jedes Stöhnen, jeder Stoß zeigt sich in seinen wissenden Augen. Er lernt mich kennen. Ich werfe meinen Kopf zurück, überflutet von Lust. Sein Mund streicht über meinen Hals, während seine Finger mich abwechselnd necken und bis zum glühend heißen Rand der Lust drängen, wie nichts, was ich je erlebt habe. Ich zittere und winde mich.

Er macht ein murmelndes Geräusch der Lust, das Geräusch eines Mannes, der weiß, dass er die Kontrolle hat. Ich keuche, als er einen Finger in mich stößt und dann noch einen, während sein Daumen um mein Lustzentrum kreist. *O Gott!* Meine Hüften zucken, als meine Lust mit der Schärfe des Orgasmus kollidiert. Mein Mund öffnet sich zu einem Schrei, den er mit einem Kuss schluckt, während der Orgasmus durch mich reißt und einen Sonnenstrahl der Lust durch meinen ganzen Körper schickt.

Er bleibt bei mir, sanfter jetzt, während er mir in die Augen schaut, während ich mich hilflos unter ihm winde. Endlich entspanne ich mich. Ich möchte ihm sagen, dass das toll war und danke, aber ich bin so schlapp und entspannt. Ich schaffe es nicht.

„Du bist so schön", sagt er.

Ich lächle breit. Einen Moment später sehe ich auf ihn hinab, und er ist noch in seiner Jeans mit einer beträchtlichen Ausbuchtung. „Kann ich dir da raushelfen?"

„Ich will nicht, dass unser erstes Mal in der Bibliothek meiner Schwester passiert."

Ich strecke müßig meine Beine. „Schätze, das ist das Beste, da ich kein Kondom dabeihabe. Du?"

„Nein." Er küsst meine Schläfe, meine Nase, meine Lippen, mein Kinn. „Ich habe das hier nicht geplant."

Ich seufze. „Ich weiß, ich sollte Sydney sagen, dass wir geknutscht haben und sie uns rauslassen sollte, aber ich bin im Moment wie eine schlappe Nudel."

„Gut." Seine Stimme wird ernst. „Aud, ich hoffe, du weißt, dass all die Male, die du dich meinetwegen schlecht gefühlt hast, nie meine Absicht waren."

Ich streichle sein stoppeliges Kinn. „Ich weiß das jetzt. Ich beginne zu sehen, dass jede Geschichte zwei Seiten hat."

Er wird ernst. „Ich hatte gehofft, dass du eine Beziehung mit mir haben willst. Eine ernsthafte monogame Beziehung."

Meine Augen weiten sich. Das hat noch nie ein Mann zu mir gesagt. Und dass Drew so ausdrucksstark, so liebevoll ist, ist wie ein wahrgewordener Traum.

Ich nehme sein wunderschönes Gesicht in meine Hände. „Es hat nie jemand anderen für mich gegeben außer dir."

Er legt seine Arme um mich, schmiegt sich an meinen Hals. In meiner Welt ist alles in Ordnung. Kann das vielleicht echt sein? Es ist fast zu gut, um wahr zu sein.

8

______

Es *war* zu gut, um wahr zu sein. Als ich mich anziehe, spüre ich, wie Drew sich zurückzieht. Es ist kaum merklich, aber ich bin auf ihn eingestellt. Zuerst sieht er grimmig aus, während er sich mit schnellen ruckartigen Bewegungen anzieht. Dann nimmt er sein Handy und schreibt, seine Zähne aufeinandergebissen.

„Alles in Ordnung?", frage ich und knote meine Bluse unten zusammen. Die Knöpfe sind weg. Ich habe sie aufgesammelt, wo sie verstreut waren, und sie in meine Tasche gesteckt, in der Hoffnung, die Bluse zu retten.

„Sydney will von dir hören, bevor sie uns rauslässt." Er betrachtet meine klaffende Bluse. „Ich war zu grob. Ich werde sie ersetzen."

„Ist okay. Es war sexy."

Er schüttelt den Kopf und beginnt zu schreiben. „Ich werde Sydney sagen, sie soll meine Jacke mitbringen, wenn sie die Tür aufschließt, damit du anständig bedeckt bist."

Drew hat schon immer einen ausgeprägten Beschützerinstinkt gehabt, wenn es um mich geht. Es ist sowohl schmeichelhaft als auch nervig, je nachdem, wovor oder vor wem er mich beschützen will.

Ich schreibe Sydney. *Alles gut. Wir haben geredet. Er bat mich gebeten, eine feste Beziehung mit ihm zu haben.*

Sydney: *Im Ernst?*

Ich: *Ja. Ich war auch schockiert.*

Sydney: *Das ist großartig! Bin in einer Sekunde da. Ich muss Quinn an Wyatt übergeben.*

Ich: *Ich wäre ja sauer auf dich, weil du mich hier eingesperrt hast, aber im Moment bin ich zu glücklich.*

Sydney: *Gern geschehen.*

Ich drehe mich zu Drew um. „Bereit? Wir können zu mir fahren."

Er nickt. „Gut. Wir werden uns unterhalten."

Ich trete näher und fahre mit der Hand über seine Brust. „Es gibt andere Dinge, die ich gern tun würde."

Er legt seine Hand über meine und hält sie fest. „Ich habe mir alles von dir angehört, jetzt bin ich dran."

„Hast du auch eine Liste mit Beschwerden?", frage ich scherzhaft.

Er lächelt nicht. „Ich habe eine wichtige Sache, die ich mir von der Seele reden muss, aber nicht hier. Ich will keine Szene."

„Weil ich einen Groll hege?"

„Weil ich Privatsphäre will", blafft er.

Ich bin wieder verwirrt. Hat er mich nun gebeten, eine feste Beziehung mit ihm zu haben oder nicht? Ich dachte, wir würden diese tolle Zeit mit einem langen Liebesspiel wieder aufgreifen. Vielleicht sogar die Nacht miteinander verbringen, wie jeder in einer festen Beziehung es tun würde. Wut sickert herein und zerstört mein sanftes Glück. Jetzt beiße ich die Zähne aufeinander.

Offensichtlich bereut Drew es.

Ich verschränke die Arme und ziehe meine Bluse zu. Ich höre, wie sich der Schlüssel dreht, und dann öffnet sich die Tür.

„Herzlichen Glückwunsch!", sagt Sydney. „Himmel, ihr zwei seht aber furchtbar angespannt aus für ein Paar am Anfang einer Beziehung. Hattet ihr schon euren ersten Streit?"

Drew schnappt sich seine Jacke aus Sydneys Hand,

marschiert zu mir rüber und hilft mir hinein. Die schwarze Daunenjacke passt mir wie ein großer Parka. Sehr gemütlich.

Jenna taucht auf. „Bist du wütend auf uns?" Sie grinst. „Schau nur, sie trägt seine Jacke. Wie niedlich!"

Sydney grinst. „An ihrer Bluse fehlen alle Knöpfe, als wäre sie ihr runtergerissen worden."

„Genug", knurrt Drew. „Wir gehen."

Er kommt zu mir, nimmt meine Hand und zieht mich zur Tür hinaus. Als wir an der Küche vorbeikommen, applaudiert der Rest der Dinnerparty. Ich schätze, sie sind geblieben, um zu sehen, was passiert ist. Wyatt wirft mir meine Jacke zu, und Drew fängt sie in der Luft.

„Bye!", sage ich, während Drew unerbittlich weitermarschiert. Wenigstens kann er es kaum erwarten, mich allein zu haben, oder?

Als wir zu seinem Pickup kommen, öffnet er nicht nur die Beifahrerseite für mich, er schiebt mich auf den Sitz. Da hat es aber jemand eilig. Vielleicht habe ich seine Anspannung falsch verstanden. Vielleicht war er doch sauer auf Sydney, weil sie uns eingesperrt hat. Ich muss wirklich seine Zeichen herausfinden.

Er steigt ein, legt meine Jacke auf den Sitz zwischen uns und fährt ohne ein Wort davon. Ich sehe zu ihm hinüber. Ja, sein Kiefer ist definitiv angespannt. Ich schiebe die Hände in die Taschen seiner Jacke. Da ist ein gefaltetes Stück Papier.

Ich ziehe es heraus und falte es auf. Es ist eine Liste.

Lade Audrey in Dein Leben ein

1. Lade sie ein, Kindern beim Karatekurs zu helfen.
2. Lade sie zu deinem täglichen Lauf ein.
3. Lade sie ein, sich deinen Lieblingssport mit dir anzusehen.
4. Lade sie zum Abendessen in dein Haus ein.
5. Lade sie zum Familienessen ein und beziehe ihre Eltern mit ein.
6. Bitte sie, eine feste Beziehung mit dir einzugehen.

O Gott, ist das Drews Plan, mich in eine Beziehung zu bringen? Mein Herz stolpert, Schmetterlinge tanzen in meinem Bauch, eine schwindelerregende Begeisterung packt mich. Jemand hat sich gerade noch mehr verliebt! Und es beruht auf Gegenseitigkeit!

Er sieht zu mir herüber. „Mist! Steck das weg!"

„Sieht so aus, als hätten wir alles gemacht, außer Nummer vier. Ich bin gegangen, bevor du mich zum Abendessen einladen konntest. Es ist so süß, dass du einen Plan hattest."

Er atmet kräftig aus. „Mrs. Ellis sagte, es sei wichtig, dass du meine besten Qualitäten sehen, die skandalös übersehen wurden."

Ich schlage mir eine Hand vor den Mund. Er hat „skandalös übersehen" gesagt, kurz bevor er mich zum ersten Mal geküsst hat. Und General Joan hat ihm dabei geholfen?

„Du findest es dumm."

Ich nehme die Hand herunter. „Nein, ich finde es wunderschön. Kein Wunder, dass wir den gleichen Auftrag für die Frühlingskirmes haben. General Joan hat dafür gesorgt."

„Ich nenne sie General Cupido. Sie weiß, was sie tut. Schließlich bist du jetzt hier."

„Hier bin ich." Ich kuschele mich weiter in seine Jacke und erfreue mich im Glanz einer Liebe, die von Tag zu Tag gewachsen ist. Ich sollte keine voreiligen Schlüsse ziehen, was er denkt. Ich sollte einfach mit ihm reden. Ich schätze, ich bin auch eingerostet in Beziehungen.

Ein paar Minuten später biegt er in die Einfahrt zu meinem Apartment. Es ist in einem zweistöckigen Haus mit grauen Schindeln. Ich bin im ersten Stock.

Er schaltet den Truck aus, steigt aus und joggt auf meine Seite, um die Tür zu öffnen. Dann packt er mich an der Taille und holt mich aus dem Truck.

Ich lache. „Ich kann allein in den Truck ein- und aussteigen."

„Er ist hoch für dich. Außerdem, jetzt, wo wir zusammen sind, berühre ich dich gern so oft ich kann."

Ich stelle mich auf Zehenspitzen und küsse ihn. Er zieht

sich zurück, schließt die Tür und nimmt meine Hand, dann geht er mit mir zur Haustür.

Ich öffne sie und gehe nach oben. Als ich gerade meine Wohnungstür aufschließen will, sagt er: „Denk daran, dass wir jetzt in einer Beziehung sind."

Merkwürdig. Es ist buchstäblich gerade erst passiert, also wie könnte ich das vergessen?

Ich lächle. „Ich erinnere mich."

Ich gehe hinein und schalte das Licht an. Cinder, meine geliebte graue Katze, begrüßt mich an der Tür, schmiegt sich zwischen meine Beine und schnurrt. Ich gehe in die Hocke, um ihren knochigen Kopf zu streicheln.

„Sie ist zu dünn", sagt Drew.

„Ich weiß. Dr. Russo sagt, es stimmt vielleicht was nicht mit ihrem Darm. Er sagt, ich soll in ein spezialisiertes Tierklinikum für weitere Tests gehen. Er hat nicht die richtige Ausrüstung."

„Tut mir leid! Ich weiß, dass du sie schon eine Weile hast."

„Seit ich vor neun Jahren in meine eigene Wohnung gezogen bin." Ich bedeute ihm, mir zum Sofa zu folgen. Ich liebe dieses Sofa. Es fühlt sich wie eine Umarmung an, wenn ich mich in die Ecke kuschele, um zu lesen oder fernzusehen.

Er setzt sich. „Möchtest du dich umziehen? Dir wird wahrscheinlich heiß in meiner Jacke."

Ich ziehe seine Jacke aus und sitze nur in meiner klaffenden Bluse und meinem weißen Spitzen-BH da. „Das ist bequem."

Er starrt meine Brüste an, eine Röte breitet sich über seinen Hals aus. Seine Augen sind erhitzt, als sie meinen begegnen. „Nicht die richtige Zeit. Zieh dich bitte um."

Verletzt stehe ich auf und gehe in mein Zimmer, um ein neues Top zu holen. Ich weiß nicht, worüber er so aufgeregt ist. Ich habe nie irgendwas getan, um ihn zu demütigen. Mit welcher Art von Beschwerde muss er mich konfrontieren? Ich werfe meine Bluse in den Korb und ziehe einen weichen rosa Pullover an.

Als ich zurückkomme, sitzt Drew kerzengerade da.

Ich lächle. „Okay, beeil dich und sag mir, was dich stört, damit ich mich entschuldigen kann und wir zu den guten Sachen kommen."

Er fährt mit einer Hand durch sein Haar und stößt einen Atem aus. „Ich will nur das Beste für dich. Ich möchte nur dein Glück."

Ich rutsche zu ihm und berühre seinen Arm. „Mir geht's genauso."

„Ich fand dein Buch großartig. Wirklich toll. Aber jedes Mal, wenn ich dir sagte, du solltest es an Agenten schicken, sagtest du, es bräuchte noch einen letzten Schliff. Monate vergingen. Ich entschied, dass es dir an Selbstvertrauen mangelt, also habe ich das Problem gelöst."

Ich versteife mich. „Wie?"

„Ich habe es jedem Literaturagenten geschickt, den ich finden konnte."

Mir bleibt der Mund offenstehen. „Drew! Ich kann nicht fassen, dass du das getan hast. Ich habe dir vertraut! Und diese Version war *noch nicht* fertig."

„Tut mir leid."

„Es verstößt gegen das Gesetz, sich als jemand anderer auszugeben. Du musst es ja unter meinem Namen verschickt haben."

„Ich habe mich nicht wirklich als du ausgegeben. Ich habe die E-Mail von Drewandaudrey verschickt."

„Aber du hast E-Mails als ich geschickt."

„Musste ich ja. Dein Name stand auf dem Manuskript."

„Ich bin erwachsen. Du musst für mich nichts geradebiegen."

„Hast du nicht versucht, mich in Ordnung zu bringen? Versucht, mich davon zu überzeugen, mir zwei Therapiehunde für PTBS zuzulegen, das ich nicht habe?"

Ich atme scharf aus, er ist offenbar noch in der Verleugnungsphase. „Das ist was anderes. Ich habe geholfen. Das Gleiche gilt für den Buchclub und das Tierheim. Das war, um dich in die Gemeinschaft einzubinden. Du warst zu isoliert und verbringst nur Zeit mit deinen Brüdern und deiner Schwester."

„Siehst du? Du hast auch mein Leben in Ordnung gebracht, und es ist besser. Danke!"

„Aber ich habe mich nie als du ausgegeben. Ich habe dich lediglich eingeladen –"

„Mich in deine Welt. Und ich habe den Gefallen erwidert, weil ich näher an dich herankommen wollte."

Ich starre ihn an, mein Verstand taumelt. Er ist so nervig ruhig und vernünftig angesichts dieses kompletten Verrats. Ich habe ihm mein Buch anvertraut, und er hat seine Chancen hinter meinem Rücken ruiniert.

„Wann hast du mein Manuskript rausgeschickt?", frage ich schließlich.

Er verzieht das Gesicht. „Im November letzten Jahres. Und es tut mir wirklich leid, aber es waren alles Ablehnungen. Nein, warte. Ein Agent hat dich dazu ermutigt, dein nächstes Buch einzureichen. Deshalb habe ich dir gesagt, dass du dein nächstes Buch schreiben sollst."

Ich lege eine Hand an meine Stirn und schließe die Augen. „Ich habe zwei Jahre an diesem Buch gearbeitet. Jetzt kann ich nirgendwo die bessere Version hinschicken." Ich stoße einen Atem aus, meine Gliedmaßen sind schwer. „Ich fasse es nicht, dass du das hinter meinem Rücken getan hast."

„Ich wünschte, ich könnte zurückgehen und die Dinge anders machen."

„Ich hatte große Träume – eine Lesereise, eine Verlagsfeier in der City, mein Buch in den Regalen bei Book It zu sehen."

„Es besteht noch die Chance der Verfilmung."

„Das ändert nichts an der Tatsache, dass das, was du getan hast, falsch war. Du hast mein Vertrauen missbraucht."

„Es tut mir wirklich leid."

Mein Verstand rennt voraus, was das für den Film bedeutet. „Eve trifft sich am Donnerstag mit Claire Jordan. Soll ich Eve sagen, dass es bereits von Literaturagenten abgelehnt wurde?"

„Sie weiß es. Ich habe versucht, Dominic dazu zu bringen,

Eves Agent dein Buch zu geben, als er letztes Thanksgiving in L.A. war. Ich hatte gehofft, dass ihr Agent einen Film daraus machen würde."

Mir bleibt der Mund offenstehen. „Drew!"

„Dominic wollte es nicht tun, aber er hat es Eve offensichtlich gesagt."

„Glaubt Eve, dass die Situation gerettet werden kann?"

„Ich weiß es nicht! Ich schätze, wenn der Film gedreht wird, könnte sie die richtigen Verbindungen haben, um das Buch zu veröffentlichen."

Meine Kehle wird enger, Tränen drohen. Die Chancen auf einen Film sind gering. Es müssen so viele Teile zusammenfallen, damit es möglich wird. Eve hat mich darauf vorbereitet. Eine Träne entkommt mir, und ich wische sie wütend weg. „Ich kann immer noch nicht fassen, dass du das getan hast! Du hättest es mir jederzeit sagen können. Es ist jetzt schon Monate her!"

„Ich habe gewartet, es dir zu sagen, weil ich wollte, dass du mir eine Chance gibst und mich nicht jahrelang wegstößt, wie du es das letzte Mal getan hast, als du sauer auf mich warst."

„Tu nicht so, als wäre ich hier das Problem!"

„Tut mir leid. Wie kann ich es wiedergutmachen?"

Plötzlich bin ich erschöpft. „Ich glaube nicht, dass du das kannst." Ich presse meine Lippen zu einer flachen Linie zusammen. „Ich denke, du solltest gehen."

„Aud."

„Und ich glaube, wir sollten uns nicht mehr sehen. Du hast mein Vertrauen missbraucht."

„Wir können das überwinden."

Ich unterdrücke einen Seufzer. „Liebst du mich, Drew? So behandelst du die Menschen, die du liebst?"

Schweigen.

Ich stehe auf. „Zieh die Tür auf dem Weg nach draußen hinter dir zu."

Dann gehe ich in mein Schlafzimmer, um mich auszuheulen.

9

Drew

Audrey macht mich fertig. Sie sitzt am fernen Ende des Besprechungstischs beim Treffen für die Frühjahrsmesse. Ihre Augen sind rot, als hätte sie viel geweint. Und was kann ich tun? Ich habe mich aufrichtig entschuldigt. Ich dachte wirklich, ich würde helfen, ihre Buchträume wahr werden zu lassen. Bücher sind für sie alles, natürlich. Sie arbeitet in einer Bibliothek, betreibt einen Buchclub und hat zwei Jahre damit verbracht, ein Buch zu schreiben.

General Cupido wirft mir einen fragenden Blick zu, und ich schüttele den Kopf. Es wird nicht passieren. Ich schätze, mein Plan, mit Audrey zusammenzukommen, bevor ich die Bombe habe platzen lassen, war eine Fehlkalkulation. Wer weiß, wie lange es dauert, bis Audrey mir verzeihen wird? Verdammt, wenn sie mich nur ansehen würde, wäre das schon ein Anfang.

Das Meeting geht zu Ende. Bevor ich Audrey beiseite ziehen kann, verkündet sie: „Ich muss ein paar Dinge für die Bibliothek erledigen. Tschüss, alle zusammen!" Sie stürzt in den Raum hinter dem Tresen.

Ich will ihr gerade schon folgen, als Eve mich einholt und mich beiseite zieht.

„Ich schätze, du hast es ihr erzählt", sagt sie.

Ich schlucke den Kloß in meiner Kehle herunter. „Ja. Hast du Claire Jordan gewarnt, dass das Buch bereits von Agenten abgelehnt wurde?"

„Gott, nein. Sie liest es gerade. Wir treffen uns am Donnerstag, um es zu besprechen. Sie muss es lieben, um die Filmrechte zu kaufen und mich damit zu beauftragen, es anzupassen. Sie hat das schon einmal mit der Fierce Trilogie gemacht, die ein Erfolg war. Ich bin hoffnungsvoll."

„Wenn sie die Filmrechte kauft, kann sie dann ihren Einfluss nutzen, um Agenten dazu zu bringen, es sich noch einmal anzusehen?"

„Vielleicht? Audrey könnte es auch selbst veröffentlichen."

„Selbst veröffentlichen? Was muss man dafür tun?"

„Ich bin mir nicht ganz sicher. Einer meiner Lieblings-Thriller-Autoren veröffentlicht selbst. Ich bin mir sicher, dass du online recherchieren könntest, um herauszufinden, was man da machen muss. Vielleicht würde ihr das ein bisschen Hoffnung geben, während sie darauf wartet, von den Film-rechten zu hören."

Eine Last hebt sich von meiner Schulter. „Danke, Eve. Das werde ich mir auf jeden Fall ansehen." Ich wette, mein Army-Kumpel Matt, der Militärthriller-Autor, könnte mich in die richtige Richtung weisen. Er veröffentlicht nicht selbst, aber ich bin sicher, er kennt Schriftsteller, die das tun.

Ich gehe zur Rezeption und warte darauf, dass Audrey alles fertig macht, woran sie im Hinterzimmer arbeitet.

„Gut gemacht!", ruft General Cupido mir auf dem Weg nach draußen zu. „Gib nicht auf!"

Ich winke ihr zu, unfähig, ein Lächeln aufbringen zu können.

Nicholas winkt mir munter zu, als er mit ihr hinausgeht. Mrs. Peabody schießt mit Papieren in der Hand zur Tür hinaus. Eve wirft mir einen mitleidigen Blick zu, bevor sie geht.

Ich stoße einen Atemzug aus. Nur Audrey und ich sind in der Bibliothek geblieben. Ich warte noch ein paar Minuten, und sie kommt immer noch nicht aus dem Hinterzimmer. Schließlich gehe ich hinter den Tresen und wage mich hinein. Der Raum ist zum Teil Buchlager, zum Teil Mitarbeiterküche.

Audrey sortiert Bücher auf den Regalen, ihr Rücken zu mir.

Als ich mich nähere, merke ich, dass sie weint, während sie arbeitet. „Aud."

„Ah!" Sie wirbelt herum und legt eine Hand auf ihr Herz. „Du hast mich erschreckt! Du darfst dich nicht so an mich ranschleichen."

„Das wollte ich nicht."

Sie wischt sich die Tränen ab.

„Eve sagt, es gibt noch Hoffnung für dein Buch."

Sie nickt und wendet sich ab, ihre Schultern zittern. Dann bedeckt sie das Gesicht mit ihren Händen und schluchzt.

Mein Herz stolpert. Ich denke nicht. Ich handele instinktiv und ziehe sie in meine Arme. Sie klammert sich an mich und schluchzt in mein Hemd. Jedes Schluchzen ist wie ein Messer ins Herz. Ich habe diesen Schmerz verursacht. Ich muss die Dinge besser machen.

Sie flüstert etwas, das ich nicht verstehen kann.

„Was?"

Sie hebt ihre weinenden Augen. „Cinder ist gestorben. Als ich heute Morgen aufgewacht bin, war sie am Boden zusammengebrochen, und neben ihr war eine Blutlache, als hätte sie Blut gespuckt. Ich habe sie sofort zum Tierarzt gebracht, aber Dr. Russo sagte, sie bräuchte eine Bluttransfusion, bevor er eine Infusion auch nur versuchen konnte, und er sagte, sie sei schon zu weit weg." Sie atmet zitternd ein. „Es würde einfach wieder passieren, und vielleicht sollte ich überlegen, sie einschläfern zu lassen, damit sie nicht mehr leiden müsse. Und jetzt ist sie weg." Ihre Stimme bricht, und sie weint wieder heftig.

Ich halte ihren Kopf an meine Brust, meine Gedanken kreisen. Ich dachte, ich wäre der Grund für ihre Not. Sie trauert um ihre geliebte Katze. Eine Last hebt sich von meiner

Schulter, obwohl ich Mitleid empfinde. „Das tut mir so leid. Ich weiß, wie viel sie dir bedeutet hat."

Sie nickt. „Einige Leute sagen, es sei nur eine Katze –" ihre Stimme erstickt „aber sie war wie eine Familie für mich."

„Natürlich. Sie war deine Familie."

Sie weint noch ein paar Minuten, bevor sie sich zurückzieht. „Ich dachte nicht, dass ich noch mehr Tränen habe. Ich hätte heute Abend nicht kommen sollen, aber dann konnte ich mir nicht vorstellen, zu Hause zu sein, weil ich wusste, dass sie nicht da ist."

„Lass mich dich nach Hause bringen. Ich bleibe auch eine Weile, wenn du willst."

Sie nickt und wischt sich die Augen. „Eine Mitfahrgelegenheit wäre gut. Ich bin zu Fuß hier."

„Das ist ein langer Weg in der Nacht für dich."

„Ich weiß, aber Summerdale ist sicher, und ich musste einfach laufen."

„Komm." Ich führe sie hinaus.

Sie gibt den Sicherheitscode für die Bibliothek ein und folgt mir zu meinem Truck. Ich helfe ihr hinein.

Sie sieht mich über ihre Schulter an. „Ich kann gut reinklettern. Du musst mich nicht jedes Mal reinwerfen."

„Es war nur ein kleiner Schub." Sie ist zierlich. Ich dachte, ich würde helfen.

Ich gehe auf die andere Seite, steige ein und starte den Truck.

„Ich bin immer noch sauer auf dich", sagt sie, als ich vom Parkplatz fahre.

„Das dachte ich mir. Du hast es erst gestern erfahren, und dann hattest du heute noch mehr schlechte Neuigkeiten. Das heißt aber nicht, dass ich nicht für dich da sein kann, oder?"

„Ich schätze, du kannst jetzt keinen Schaden mehr anrichten."

„Ich wollte dir nicht wehtun. Ich wollte deine Träume wahr werden lassen."

Sie hält eine Hand hoch. „Bitte. Ich möchte jetzt nicht an den Abend denken."

Den Rest des Weges fahren wir schweigend. Sie steigt aus dem Truck, bevor ich ihr helfen kann, und eilt zur Tür. Ich folge ihr ins Haus und nach oben.

Sie macht das Licht an, und ihr Atem stockt. Ich kenne das Gefühl des Todes in der Luft.

„Hast du sie hier gefunden?", frage ich.

Sie nickt und zeigt neben ihr Sofa. „Genau da. Ich glaube, sie wollte auf das Sofa, hat es aber nicht geschafft."

„Okay. Möchtest du fernsehen oder lesen? Womit würdest du dich besser fühlen?"

„Ich möchte ins Bett gehen." Sie sieht mit ihren weinenden Augen zu mir auf. „Wirst du mich festhalten?"

„Was immer du willst." Ich verdiene diese Folter.

„Danke!"

Sie geht in ihr Schlafzimmer, um sich fertigzumachen. Es ist noch früh fürs Bett, 20.30 Uhr. Trauer kann einen müde machen. Und sie trauert um zwei Dinge: Cinder und ihr Buch.

Einige Minuten später kommt sie zurück ins Wohnzimmer und trägt einen rosafarbenen Seidenpyjama. Als wir Kinder waren, hatte Audrey immer süße Figürchen auf ihrem Pyjama. Ihr Seidenpyjama hat etwas so Feminines an sich und ist so sexy, obwohl sie vom Hals bis zu den Knöcheln bedeckt ist.

„Zieh deine Schuhe aus und komm ins Bett", sagt sie.

Ich ziehe meine Sneakers aus und folge ihr. *Bitte lass mich die Willenskraft haben, nicht von ihrem sexy kleinen Körper verführt zu werden. Jetzt ist nicht die Zeit für eine Verführung.*

Ihr Schlafzimmer ist nicht so, wie ich gedacht habe. Ich dachte, es wäre rosa und blumig. Stattdessen gibt es ein französisches Bett mit weißer Bettwäsche und einem hellgrauen Stoffkopfteil, eine Kommode, einen Nachttisch und in der Ecke die hellgraue Chaiselongue, die ich für sie aus dem Haus ihrer Eltern hergebracht habe. Ich habe sie im Essbereich ihrer Wohnung für sie abgestellt und mich nicht in ihr Schlafzimmer gewagt. Ihre Eltern haben sich verkleinert, bevor sie ihr Haus auf den Markt gebracht haben. Ich habe auch einen Stickley-Schreibtisch und einen Stuhl in den Essbereich gebracht, damit sie einen Schreibplatz daraus machen konnte.

Sie schlägt die Decke beiseite. „Komm."

Ich schlucke. Ich habe noch nie bei einer Frau übernachtet und nur geschlafen. Und ich würde lügen, wenn ich sagen würde, dass ich nicht schon lange an diesen Moment gedacht habe. Ein Teil von mir wusste, dass, wenn ich diesen Weg ging, es sein musste, wenn das Timing für uns beide richtig war, für etwas Dauerhaftes. Sie ist zu besonders, um mit ihr zu schlafen und dann zu gehen.

Ich lege mich unter die Decke, das Blut dröhnt durch meine Adern. Sie rollt sich auf die Seite, mir zugewandt, und schmiegt sich an meine Brust. Okay, das ist nicht so schlimm. Zwischen den verlockenden Gegenden ist immer noch Platz. Ich lege meinen Arm um sie und sie seufzt.

Ich starre über ihren Kopf, hellwach. Wie lange soll ich sie halten? Bis sie schläft? Die ganze Nacht?

Lange Momente vergehen. Schließlich dreht sie sich auf ihre andere Seite, greift nach meinem Arm und zieht ihn um ihre Mitte. Ich schmiege meinen Körper an ihren, überrascht, wie gut wir passen. Mein Körper entspannt sich. Das ist nicht so schlimm.

Sie wackelt, um es sich bequemer zu machen, und jetzt fühle ich mich unwohl. Angetörnt und gegen ihren formschönen Po gepresst. Das ist genau die Folter, die ich erwartet habe.

Ich zähle rückwärts von hundert, um mich von meiner wachsenden Lust abzulenken.

Ein paar Minuten später ist mein Soldat immer noch in voller Habachtstellung. Sie ist sehr ruhig und unbeweglich. Ich riskiere einen kurzen Blick auf sie. Sie schläft.

Ich möchte nicht sofort gehen. Ich habe ihr Frieden gebracht. Das ist ein Geschenk. Ich bleibe noch eine Stunde hier, und dann gehe ich. Ich werde nicht einschlafen und einen Alptraum riskieren. Es sind immer Rückblenden in die

Kriegszeit, und ich gehe in den Kampfmodus. Ich darf nicht riskieren, sie zu verletzen.

Audrey

Am nächsten Morgen erwache ich mit dem überraschenden Gefühl eines männlichen Arms, der sich um meinen Rücken gelegt hat. Ich liege auf dem Bauch. Ich schaue hinüber und sehe Drew, der tief und fest in meinem Bett schläft. Die letzte Nacht stürzt zu mir zurück – meine Trauer, meine schmerzende Einsamkeit. Er hat mich die ganze Nacht gehalten, nur weil ich ihn darum gebeten habe. Ich frage mich, ob er das jemals getan hat. Nicht alle Männer kuscheln gern.

Ich schlüpfe aus dem Bett, gehe ins Bad und dann in die Küche, um ein Glas Wasser zu trinken. Ich bin so dehydriert von all meinem Weinen. Ich schwöre, ich habe mir die Seele aus dem Leib geweint. Als ich um den Wandvorsprung der Küche blicke, erwarte ich fast, dass Cinder dort auftaucht. Es wird noch eine Weile dauern, mich daran zu gewöhnen, dass ich allein wohne. Sie war wie meine pelzige Mitbewohnerin und Vertraute.

Als ich zurück ins Schlafzimmer komme, ist Drew wach und sieht desorientiert aus.

Ich setze mich auf die Matratze neben ihn. „Sieht aus, als wärst du während unseres Marathonkuschelns eingeschlafen. Vielen Dank dafür. Ich fühle mich nach einer guten Nacht viel besser."

„Ich fasse es nicht, dass ich so früh eingeschlafen bin."

„Du hast es wahrscheinlich gebraucht. Hast du nicht gesagt, du leidest unter Schlaflosigkeit?"

„Ja. Ich schlafe zwar, aber es dauert lange, bis ich einschlafen kann, und dann –"

„Albträume?"

„Nicht jede Nacht. Letzte Nacht hatte ich keinen."

Ich lächle, streiche ihm eine verirrte Haarsträhne aus der

Stirn und fühle mich innen warm und weich. „Das freut mich."

Er nimmt meine Hand und küsst die Handfläche. „Ist jetzt alles in Ordnung? Hast du mir vergeben?"

Er ist so sehr darauf bedacht, dass ich ihm verzeihe, aber so einfach ist es nicht. Ich seufze. „Es ist schwer, meinen Traum loszulassen, bevor ich überhaupt die Chance hatte, es zu versuchen. Ich fühle mich immer noch beraubt."

Er nickt und sieht resigniert aus.

„Aber ich werde dich nicht ausschließen. Du warst für mich da, als ich dich am meisten gebraucht habe. Ich brauche einfach Zeit."

„Ich verstehe. Also, ich habe heute bis drei keine Karatekurse, wenn du willst, dass ich hierbleibe."

„Das wäre nett. Ich werde mir den Tag freinehmen. Ich hätte gestern einen nehmen sollen, aber es war zu schwer, allein zu Hause zu sein."

„Hast du eine extra Zahnbürste?"

Ich lächle. „Das tue ich. Unter dem Waschbecken im Bad ist ein Korb mit Zahnbürsten und Zahnseide."

Er setzt sich auf und küsst meine Stirn, bevor er mir die Wange streichelt. Ich starre in seine Augen, wie warm sie scheinen, als hätte er mich auf eine neue Ebene von Intimität versetzt.

Er steht aus dem Bett auf und geht den Flur hinunter ins Badezimmer.

Hmm … wir sind beide schon eine Weile hier, und es gibt da was, das ich schon sehr lange mit ihm machen wollte. *Boom-chicka-wow-wow.* Ich lächle vor mich hin, rufe bei der Arbeit an und spreche meiner Assistentin aufs Band. Und nun die Bühne für die Verführung bereiten.

Zuerst mache ich das Bett so, dass es einladend aussieht, dann suche ich in der Nachttischschublade nach ein paar Kondomen. Aha! Hinter vielen kleinen Notizbüchern, die ich mitten in der Nacht mit Ideen für mein Buch gefüllt habe, liegt hinten ein Streifen. Ich seufze. Oh, mein Buch. *Denk jetzt nicht daran!*

Ich gehe zu meiner Kommode und suche nach etwas, das sexy ist. Er mochte den Spitzen-BH und das Höschen. Habe ich noch dieses schwarze Negligé mit Spitzenbesatz? Das habe ich gekauft, als ich mit dem Online-Dating angefangen habe, in der Hoffnung, es könnte zum Einsatz kommen. Leider ist keines meiner Dates über das erste Treffen hinausgekommen, also wurde es nie verwendet. Was für ein Alptraum die Dating-Szene ist. Oh, und ich kann es mit einem schwarzen Höschen aus Spitze kombinieren. Wo ist es denn? Normalerweise habe ich alle meine BHs und Höschen passend zueinander in der Schublade. Es muss im Korb sein.

Ich hocke mich vor die untere Schublade, in der Hoffnung, dass da etwas versteckt ist, das sexy ist. Nennen Sie mich seltsam, aber wenn ich was mag, kaufe ich es oft zweimal, falls es irgendwann nicht mehr hergestellt wird.

„Hey", sagt Drew und erschreckt mich zu Tode. Ich stürze aus meiner Hocke auf den Boden. Nun, das ist sexy.

„Hat dir jemals jemand gesagt, dass du leise bist wie ein Ninja?"

Er hebt mich vom Boden auf und stellt mich auf die Füße. „Teilweise Training, teilweise von Natur aus. Ich habe ‚hey' gesagt, damit du dich nicht erschrickst."

Ich glätte meine Haare, nicht gewohnt, so unsanft behandelt zu werden. Schätze, jetzt, wo er sich wohl dabei fühlt, mich zu berühren, macht er einfach weiter und hebt mich immer wieder hoch. Ich bin mir nicht sicher, wie mir das gefällt. Einerseits mag ich es, wenn er mich berührt. Andererseits war die Schwerkraft immer meine Grundlage. Und er erschüttert diese Grundlage. Irgendwie wie ein Erdbeben.

„Dieser Seidenpyjama ist so sexy", sagt er in einem anerkennenden Ton und betrachtet mich von oben bis unten.

Ich streiche mit einer Hand über den lockeren Stoff. „Wirklich? Ich habe in meiner Kommode gegraben und versucht, was zu finden, womit ich dich überraschen kann."

Seine Augenbrauen heben sich. „Ja?"

„Ja. Ich habe ein Negligé aus schwarzer Spitze gefunden,

und ich habe nach dem passenden – oh!" Er hat mich gerade gegen seinen harten Körper gezogen.

„Ich liebe das hier. Bringt mich dazu, es dir ausziehen zu wollen und zu sehen, was du darunter versteckst."

„Ohhhh", sage ich mit stotterndem Atem.

Er nimmt mein Gesicht in beide Hände. „Ich verdiene dich nicht, aber ich will dich trotzdem."

„Du verdienst mich."

Er küsst mich zärtlich, und ich werde fast schwach. Drew hat zwei Seiten – zart und rau – und ich mag beide. Seine Hände bewegen sich über meinen Körper, streicheln mich über die Seide meines Pyjamas, während er mich um den Verstand küsst. Jedes Nervende kribbelt. Hitze folgt jedem Streicheln seiner Handflächen über meine Schultern, meine Seiten, meinen Rücken.

Er unterbricht den Kuss und hebt mich in seine Arme. Ich quietsche nicht einmal. Irgendwann habe ich erwartet, dass er mich von meinen Füßen hebt. Ach, das ist ja so romantisch! Er trägt mich zum Bett, zieht die Bettdecke zurück und setzt mich sanft in die Mitte.

„Du solltest dich ausziehen", sage ich.

„Du zuerst."

Ich fange an, das Oberteil aufzuknöpfen, aber er schiebt meine Hände weg. „Ich mache das. Du legst dich einfach zurück und genießt."

„Ich will dich sehen und dich auch berühren."

„Das wirst du. Nur noch nicht."

Ich greife nach seinem Baumwollhemd, und er zieht sich zurück. „Muss ich dich ans Bett fesseln?"

Meine Augen weiten sich. „Das würdest du tun?" Mein Herz rast. „Hast du das schon mal gemacht?"

„Ich habe gern die Kontrolle."

Meine Lippen teilen sich, Adrenalin rast durch mich.

„Genauer gesagt *muss* ich die Kontrolle haben. Sonst setzen meine Verteidigungsreflexe ein. Ich will dir nicht wehtun."

Ich werfe meine Hände an die Seiten. „Ich lege mich einfach zurück und genieße."

„Braves Mädchen", murmelt er an meinem Ohr. Ein heißer Schauer läuft mir die Wirbelsäule hinunter.

Seine dunklen Augen schwelen, als er über mir schwebt, kurz bevor sein Mund in einem gierigen Kuss auf meinen stößt. Mein Magen sackt in die Tiefe, und eine noch tiefer sitzende Sehnsucht lässt mich dennoch meine Beine öffnen und ihn einladen. Er küsst mich an meinem Kinn entlang, an meinem Hals, über mein Schlüsselbein, löst elektrische Empfindungsstöße aus, während seine Stoppel an mir kratzen, beruhigt durch seine Zunge. Grob und zart. Ich war noch nie so angetörnt.

Er knöpft mein Oberteil auf und öffnet es dann, betrachtet mich mit einem gierigen Blick. Ich zittere. Er zieht es mir aus und wirft es beiseite. Dann küsst er jeden Zentimeter Haut von meiner Schulter bis zu meiner Brust, wo er verweilt, saugt und zart in meinen Nippel beißt. Ich winde mich, meine Hüften heben sich. Er schiebt eine Hand in den Hosenbund meines Pyjamas, während er sich der anderen Brust zuwendet und ihr die gleiche Aufmerksamkeit schenkt, während seine Finger sich unter den Bund meines Slips bewegen. Ich keuche angesichts der Berührung.

„Ja", knurrt er. „Du bist so feucht!"

„Ich bin so angetörnt."

Er zieht mir meine Pyjamahose und das Höschen aus, rutscht meinen Körper hinunter und legt meine Beine über seine Schultern, bevor er mich einmal lange leckt. Ich keuche.

Er küsst mich zärtlich und neckt mein Lustzentrum, während er seine Finger in mich gleiten lässt. Ich mache Geräusche, die ich noch nie in meinem Leben gemacht habe, während er die süße Folter mit seinen Lippen, mit Zunge und Zähnen fortsetzt. Seine Finger bewegen sich in mir, und ich schreie auf, geschockt von der Intensität. Er macht weiter, labt sich an mir, wird vorsichtiger, während er mich mit seinen Fingern bearbeitet. Mein Inneres zieht sich eng und heiß zusammen. *O Gott!*

Ich keuche, verloren in einem Fieber der Empfindung. Es ist zu viel. Ich packe seinen Kopf, bin mir nicht sicher, ob ich ihn wegziehen oder dort halten will, aber es spielt keine Rolle, weil er nicht aufhört. Ich jammere hilflos, in seinem Griff gefangen, für ihn ausgebreitet. Und dann saugt er, während seine Finger den geheimen Ort im Inneren streicheln, und eine Explosion von Empfindungen trifft mich, die mich bis ins Mark erschüttern. Ich schwöre, ich sehe Sterne.

Er drängt mich sanft durch eine Welle der Lust nach der anderen. Ich bin erschöpft, wie ausgewrungen. Er nimmt meine Beine vorsichtig von seinen Schultern und legt sie auf das Bett. Meine Beine zittern.

Er schmiegt sich an meinen Bauch, und meine Muskeln zucken bei dem unerwarteten Gefühl. Er bewegt sich an meinem Körper empor, küsst ihn dabei, bevor er meinen Nippel in den Mund zieht. Ich stöhne lang und leise, frisches Verlangen zieht mit jedem beharrlichen Saugen an mir. Er legt die Hand auf meine Scham, und ich stöhne. So empfindlich. Er hält mich weiter fest, während er zu meiner anderen Brust wechselt, saugt, während ich stöhne, und meine Hüfte schaukelt gegen seine Hand.

Er bewegt sich noch höher, streichelt meine Brüste, während er mich küsst und beißt, was noch mehr Gefühlsschocks bringt. Meine Atmung beschleunigt sich. Endlich erreicht er meine Lippen und gibt mir einen sanften Kuss. Ich nehme seinen Kopf und küsse ihn leidenschaftlich. Ich brauche ihn wie meinen nächsten Atemzug. Verzweifelt.

Er unterbricht den Kuss, seine Hand liegt kurz auf dem Puls an meinem Hals. Sein Atem wird heftiger. „Willst du mich in dir?"

„Gott, ja."

Er zieht sich aus und nimmt ein Kondom vom Nachttisch. Ich greife nach ihm, und er legt sich zwischen meine Beine. Er verteilt zärtliche Küsse über mein ganzes Gesicht, bevor er zu meinen Augen kommt, während er in mich eindringt und mir Zeit gibt, mich an ihn anzupassen. Es tut ein bisschen weh, als mein Körper sich dehnt, um ihn aufzunehmen.

„Schon eine Weile her?", fragt er.

„Zu lange."

„Mir gefällt, wie du dich anfühlst." Er dringt ganz ein, und bevor ich mich an den unglaublichen Druck gewöhne, beginnt er, sich zu bewegen. Jeder Stoß facht das Feuer dessen an, was ein weiterer explosiver Gipfel zu werden verspricht. Ich hatte noch nie mehr als einen Orgasmus.

Er reicht zu meinem Bein hinunter, zieht es bis zu meiner Brust und öffnet mich für ihn. „Du denkst. Einfach fühlen." Er stößt wieder, und ich keuche. Die Intensität steigt an, während er immer wieder zustößt und über den G-Punkt streichelt.

„Ich fühle eine Menge!", keuche ich. „Zu viel."

„Nie zu viel. Ich liebe es, die Lust in deinem Gesicht zu beobachten."

Er stößt und reibt und lässt die Augen in meinen Kopf rollen. Feurige Lustexplosionen lassen mich mit jedem Stoß erzittern, es wird mehr und mehr. Meine Nägel graben sich in seine Schultern, und dann bin ich weg, der Orgasmus überwältigt mich vor Lust. Ich bin mir kaum bewusst, dass er mich lobt, bevor er schneller und härter zustößt. Alles, was ich tun kann, ist, es zu nehmen. Er wirft seinen Kopf mit einem gutturalen Stöhnen zurück, während seine eigene Lust über ihn hereinbricht.

Er bricht nicht auf mir zusammen wie andere Kerle. Stattdessen lässt er mein Bein runter, küsst mich zärtlich und stützt sein ganzes Gewicht über mir ab.

Ich seufze. Das war's. Er hat mich offiziell für jeden anderen Mann ruiniert.

Er schmiegt sich an meinen Hals und atmet tief ein. Dann nähert er sich meinem Ohr. „Geht's dir gut?"

„Mir geht's fantastisch."

Er lacht leise, ein Geräusch tiefer männlicher Zufriedenheit. Er verdient es, weil ich schließlich auch eine tiefe weibliche Befriedigung hatte.

Ich streiche meine Hände durch seine weichen Haare. „Kuschelst du normalerweise im Bett?"

„Niemals."

Ich kann einem breiten Lächeln nicht widerstehen.

Er rollt auf die Seite und streichelt meinen Arm auf und ab, was mir Gänsehaut macht. Als ob er nicht aufhören will, mich zu berühren. „Gewöhn dich nur nicht daran."

„Werde ich nicht."

Er lächelt, und mein Herz zieht sich zusammen. Er ist entspannt, keine Abwehr. Der Drew, von dem ich immer wusste, dass er da drin war. Ich will all das, was ich empfinde, herausplatzen. *Ich liebe dich! Ich habe dich immer geliebt!* Aber ich halte mich zurück. Es fühlt sich an wie ein sensibler Zustand, diese neue Verbindung. Und ich brauche Zeit, um ihm wieder zu vertrauen, nach dem, was er getan hat, selbst mit den besten Absichten. Ich kann nicht zulassen, dass die Euphorie des Sex mein Urteilsvermögen trübt.

Aber ich fühle mich gerade so gut. Und ich wollte Drew schon immer. Endlich habe ich ihn. Ich werde dieses fließende, herrlich glückliche Gefühl einfach genießen.

„Das war umwerfend", sage ich.

Er streicht eine Strähne hinter mein Ohr. „Das war es. Und das ist erst der Anfang."

„Ja", sage ich mit atemloser Stimme. Ich bin im Himmel und schwebe auf einer glücklichen Wolke.

Plötzlich steht er auf. „Ich habe seit Jahren keinen Morgenlauf verpasst. Würde es dir was ausmachen, wenn ich joggen gehe?"

Ich schlucke den Schmerz herunter. Er hält sich gerne fit. Das heißt nicht, dass er sich zurückzieht, oder? Er hat sich immerhin die Zeit genommen, mich zu fragen und über meine Gefühle nachzudenken.

„Oder du könntest mit mir laufen", fügt er mit einem amüsierten Blick hinzu. Er weiß, dass ich nicht laufe.

„Geh du nur."

Er küsst mich. „Man sieht sich."

Ich beobachte, wie er sich mit halsbrecherischer Geschwindigkeit anzieht und zur Tür hinausschießt. Ich lasse mich zurück auf die Matratze fallen und sage mir, dass ich nicht zu sehr darüber nachdenken soll, dass er so eilig gegangen ist.

Dann erinnere ich mich, wie er mich die ganze Nacht gekuschelt hat, und denke an all die Lust, die er mir geschenkt hat, und ich entspanne mich. Es muss nicht perfekt sein, um gut zu sein. Es ist großartig. Alles ist toll! Wirklich. Ich weigere mich, diesen wirklich wunderbaren Moment ruinieren zu lassen.

10

Drew

Ich drehe nicht durch. Nur weil ich dringend Abstand brauchte, bedeutet das nicht, dass ich nicht mit einer Beziehung umgehen kann. Diese Dinge brauchen Zeit. Ich wärme mich auf, bevor ich in schnellem Tempo losrenne.

Und nur weil es sich gefährlich anfühlt, jemanden an mich ranzulassen, heißt das nicht, dass es ein Problem mit mir gibt. Menschen, die mir nahekommen, sterben. Meine Atmung beschleunigt sich, und der Schweiß bricht über meinen ganzen Körper aus. Zwei meiner besten Freunde bei der Army sind unter meinem Kommando ums Leben gekommen.

Ich habe Dad zusammengebrochen in der Küche gefunden, seine leblosen Augen starrten mich an.

Mom in ihrem offenen Sarg, als ich noch ein Teenager war.

Ich bleibe stehen, beuge mich vor, während ich mich bemühe, meine Atmung unter Kontrolle zu bringen. Als ich mich stabiler fühle, mache ich weiter. Mein Körper ist auf harte körperliche Anstrengung konditioniert. *Das ist in der Vergangenheit, das ist in der Vergangenheit.*

Ich laufe die Schleife um den See und winde mich durch meine üblichen Seitenstraßen. Es war toll zwischen uns. Ich sollte zu einhundert Prozent dabei sein. Sie ist sogar kurz davor, mir zu vergeben. Warum habe ich dann das Gefühl, nicht schnell genug laufen zu können, weit genug?

Als ich meinen Lauf beende, fühle ich mich besser, nicht so eingesperrt. Es ist nicht Audreys Schuld, dass ich Beziehungen nicht gewohnt bin. Und ich will, dass das funktioniert. Gott sei Dank hat Audrey mich nicht in einem Alptraum gesehen. Das ist nichts, was irgendwer mitbekommen sollte. Bis jetzt hat es auch noch niemand. Ich lebe allein und verbringe nie die Nacht mit einer Frau. Normalerweise gehe ich direkt nach der Aktion, und das ist okay, weil ich im Vorfeld klarstelle, dass es nur locker ist, also keine schlechten Gefühle.

Zu ihrer Sicherheit sollte ich wahrscheinlich nicht noch eine Nacht bleiben. Ich muss mir eine Ausrede einfallen lassen. Aber dann wird sie denken, dass etwas zwischen uns nicht stimmt, weil ich schon einmal die Nacht dageblieben bin. Und wenn ich das mit den Albträumen und meiner Sorge um ihre Sicherheit erkläre, wird sie wirklich denken, dass was mit mir nicht stimmt. Und es ist okay. Ich weiß, wie man damit umgeht.

Ich verlangsame meinen Gang, denke an Audrey. Die Dinge sind kompliziert, wenn noch eine Person beteiligt ist. Eine süße, freundliche Frau, die es verdient, wie eine Königin behandelt zu werden.

Ein alter Toyota Corolla verlangsamt sich auf der gegenüberliegenden Straßenseite, und das Fenster wird heruntergefahren. „Guten Morgen, Drew!"

Ich lächle Mrs. Ellis an, auch bekannt als mein persönlicher General Cupido, und beuge mich hinunter, um sie zu begrüßen. „Wie geht's Ihnen?"

„Einfach gut. Wie ist mein Plan für dich gelaufen?"

Ich streiche mir die verschwitzten Haare aus dem Gesicht. „Sie hat den Plan in meiner Jackentasche gefunden."

„Oh nein! Sie sollte doch nicht auf den Mann hinter dem Vorhang achten."

Ich neige den Kopf zur Seite, unsicher, was sie meint.

Sie winkt das ab. „Hinter dem Vorhang von Oz. Du hast doch den *Zauberer von Oz* gesehen, oder?"

„Nein. Sollte ich ein Zauberer sein?"

Sie schüttelt den Kopf, ihre braunen Augen funkeln. „Das bin ich, da ich den Plan hatte. Wie hat sie auf das Wissen, dass du einem Plan folgst, reagiert?"

„Nun, ich habe ihr nicht gesagt, dass es der Plan des großen Zauberers war." Sie lacht schallend, und ich lächle. „Allein die Tatsache, dass ich einen Plan hatte, schien sie glücklich zu machen."

„Großartig! Sie ist locker, und ich vermute, sie ist bereit für Beziehungskram der nächsten Stufe. Also, wann kommt der große Antrag?"

Ich ziehe am Kragen meines T-Shirts, das sich plötzlich anfühlt, als würde es mich ersticken. „Weiß nicht. Wir sind ja noch ganz am Anfang." *Und ich bin nach einer Nacht Kuscheln da rausgerannt.*

„Drew? Was ist los?"

Ich schüttele den Kopf und konzentriere mich wieder auf ihr strenges, aber irgendwie tröstendes Gesicht. „Nichts."

„Du siehst aus, als hättest du einen Geist gesehen."

Ich klopfe auf ihr Auto. „Ich muss duschen und mich umziehen."

„Muss ich mit Audrey reden?"

„Nein! Ich meine, nein, danke. Ich mach' das schon. Sie können zum nächsten Single in der Stadt übergehen."

Sie runzelt die Stirn. „Ich fürchte, mir gehen die Singles aus. Vielleicht ist es an der Zeit, dass ich mir ein neues Hobby suche. Glaubst du, es gibt in der Stadt einen Bedarf an Hundeporträts? Ich nehme an einem Malkurs im Erholungszentrum in Eastman teil, und der Lehrer sagt, dass ich ein Talent für schönen Realismus habe."

„Absolut! Die Leute hier lieben ihre Hunde. Sie würden wahrscheinlich einen Mordsgewinn machen."

„Oh, nein, nein. Ich würde die Porträts als Geschenke machen. Das Schwierige daran wäre, die Besitzer zu überraschen. Ich werde einen Weg finden müssen, den Hund dazu zu bringen, für mich allein zu sitzen."

Ich sehe sie vielsagend an. „Sie meinen, die Hunde der Leute zu entführen?"

„Ha! Ich spreche davon, Kunst als Geschenk zu erschaffen." Sie hält inne und sieht unruhig aus. „Erzähl es aber nicht Eli." Das ist mein jüngerer Bruder, der Polizeichef hier in Summerdale.

Möchte ich, dass sie sich bei Audrey einmischt, oder soll sie Hunde stibitzen, damit sie sich für zukünftige künstlerische Meisterwerke neben ihre Staffelei setzen?

„Ich sage kein Wort."

Sie nickt einmal und fährt im Schneckentempo davon. Ich gehe weiter nach Hause und denke kräftig nach. Es gibt zwei Teile in dieser Beziehung, die es schwierig machen: Erstens mein Unbehagen mit Nähe, und zweitens Audrey, die meine Worte (oder mein Schweigen) als etwas Negatives falsch interpretiert. Ich weiß nicht, wie ich das erste Problem lösen soll. Audrey dabei zu helfen, sich an meinen Kommunikationsstil zu gewöhnen, klingt einfacher. Dann sind wir auf halbem Weg.

Ich stoße einen erleichterten Seufzer aus. Es ist viel einfacher, Audreys Probleme zu beheben. Nicht, dass ich ein Problem habe. Ich bin mir sicher, dass Nähe sich mit der Zeit natürlicher anfühlen wird.

Nachdem ich zu Hause geduscht und mich umgezogen habe, gehe ich zu Adams Haus und klingele, obwohl ich den Code des Garagenschlosses kenne. Adam und ich passen auf das Haus des anderen auf, und ich kümmere mich um seine Haustiere, wenn er eine Weile weg sein muss. Adam ist genauso zurückhaltend wie ich, und seine Frau Kayla ist begeistert von ihm. Ich werde mit Adam über Audreys Problem sprechen.

Mit einem breiten Lächeln öffnet Kayla die Tür. „Guten Morgen! Komm rein." Kayla ist süß wie ein Knopf mit dunkelbraunen Haaren und großen hellbraunen Augen.

Ich gehe hinein und sehe mich um. Es ist still. Tank, ihre

englische Bulldogge, hebt den Kopf kurz aus seinem Nickerchen in einem Sonnenstrahl, bevor er seine Augen schließt und wieder einschläft.

„Adam ist einkaufen und das Baby schläft", sagt sie. „Kann ich dir was zu trinken anbieten?"

„Nein, danke. Wie geht's Benjamin?"

„Oh, wundervoll. Er isst gut und ist so süß wie ein Baby nur sein kann. Er hat Adams ausgeglichenes Temperament. Nimmt die Welt so, wie sie ist."

Sie hat vor weniger als zwei Wochen entbunden und scheint sich erholt zu haben. So lief es für meine Schwester Sydney nicht. Sie hat drei Monate gebraucht, um sich wieder wie ein Mensch zu verhalten. Nicht ihre Schuld. Baby Quinn hatte Koliken und wachte rund um die Uhr oft auf.

Ich wippe zurück auf meine Fersen. „Ich bin nur vorbeigekommen, um mit Adam über was reden."

„Okay, ich sage ihm, dass du hier warst."

Ich trete einen Schritt zurück, aber ein Teil von mir muss wissen, wie sie es hinbekommen. Für Audrey.

„Audrey und ich sind zusammen", sage ich.

Sie lächelt strahlend. „Das ist wundervoll, Drew! Ich freue mich so für euch beide!"

Ich trete näher. „Es ist nur, dass sie ein bisschen beleidigt zu sein scheint, weil ich so still bin. Du weißt schon, wie Adam."

„Ja, das habt ihr gemeinsam."

„Warum bist du nicht beleidigt, wenn er eher ruhig ist?"

„Hast du was dagegen, wenn wir uns setzen? Ich versuche, mich auszuruhen, wenn das Baby schläft."

Ich hebe eine Hand. „Ich werde gehen. Du ruhst dich aus."

„Nein, du musst nicht gehen. Komm, setz dich." Sie setzt sich aufs Sofa und klopft auf das Kissen neben sich.

Ich nehme Platz. „Es scheint, als wärst du ziemlich glücklich mit Adam."

„Oh ja, er ist wundervoll."

„Also nimmst du es ihm nie übel, wenn er nicht wirklich, du weißt schon, gesprächig ist?"

Sie schüttelt den Kopf. „Aber mach dir keine Sorgen um dich und Audrey. Es braucht Zeit, um die Sprache des anderen zu lernen. Adam und ich waren monatelang beste Freunde, bevor wir zusammenkamen."

„Audrey und ich haben auch in den letzten Monaten viel Zeit als Freunde miteinander verbracht. Das schien aber nicht zu helfen." Vielleicht bedeutet das, dass wir es auf lange Sicht nicht schaffen. Warum will ich dann immer wissen, ob es ihr gut geht? Warum wollte ich sie dann so sehr, seit sie das Kleid an ihrem nackten Bein hochgeschoben hat, um mir zu zeigen, dass sie keinen Slip trägt? Rückblickend hätte ich für die vollständige Enthüllung bleiben sollen. Ich hab' einfach nur unter Schock dagestanden und sie ist dann vom Tatort geflohen. Na ja, ich bin aus der Küche gegangen und habe versucht, den monströsen Drang zu kontrollieren, sie mir direkt auf der Party zu schnappen und schmutzige Dinge mit ihr zu tun, und dann ist sie geflohen.

Kayla hebt eine Schulter und senkt sie wieder. „Vielleicht musst du dich ein winziges bisschen klarer ausdrücken?"

„Was macht Adam denn, dass er so verständlich ist?"

Sie sieht an die Decke, als müsste sie einen Moment nachdenken. „Hier ist ein Beispiel. Manchmal spricht er in Zweisilbern. Zum Beispiel ‚Liebe. Schlafen.' Was bedeutet, dass er mich liebt, und ich habe ihn müde gemacht, also muss er schlafen."

Meine Augen weiten sich. Das ist etwas persönlich. Klingt nach einem Post-Sex-Gespräch.

Sie fährt fort: „Oder wenn er das Kinn in meine Richtung zuckt, ist das Adam für *Gern geschehen, kein Problem.*" Sie hält einen Finger hoch. „Oh, und wenn er mein Outfit bewundert und hörbar schluckt, dann ist das Adam für *tolles Outfit.* Siehst du? Ich spreche Adam, weil wir beste Freunde sind."

Ich reibe mir die Stirn. Audrey muss anscheinend lernen, Drew zu sprechen. Wie das Lernen einer anderen Sprache. Ich bin mir nicht sicher, wie ich ihr das beibringen soll.

Woher weiß Kayla, dass Adam das wirklich meint, wenn sie ihn übersetzt?

Sie fährt fröhlich fort: „Wenn ich was Erotisches sage, antwortet er selten. Stattdessen berührt er mich, damit ich weiß, dass er dabei ist."

Kayla erzählt offensichtlich gern zu viel.

Ich halte eine Hand hoch. „Weißt du –"

„Am Anfang war Adam kein Kuschler, aber ich liebe die Löffelchenstellung, also hat er zugestimmt, solange wir nackt sind. Manchmal geht es bei Beziehungen darum, zu sagen, was beide wollen, und einen Kompromiss zu finden."

Ich verziehe das Gesicht wegen des nackten Löffelchens und konzentriere mich auf den wichtigen Teil. Ich fordere Audrey auf zu sagen, was sie will, und es zu tun. Aber damit bleibt immer noch das Rätsel, wie sie mich richtig verstehen wird.

Kayla lächelt gut gelaunt. „Ich bin sicher, dass du und Audrey mit der Zeit auf die gleiche Wellenlänge kommen werdet. Sprich es einfach aus und sag ihr, sie soll sich auf deine Körpersprache einstellen. Das ist groß bei Adam, und ich wette auch bei dir, da ihr euch so ähnlich seid."

Die Seitentür der Garage öffnet sich. Gut, Adam ist zu Hause. Jetzt kann ich raus, bevor ich unfreiwillig noch mehr über ihr Sexleben erfahre. Ich stehe auf.

„Drew ist hier, um mit dir über seine Beziehung zu Audrey zu sprechen!", ruft sie.

„Eigentlich wollte ich gerade gehen", sage ich.

Adam kommt ins Wohnzimmer. Er ähnelt mir mit seinen dunklen Haaren und den braunen Augen, auch er ist schlank und hat Muskeln. „Du bist jetzt mit Audrey zusammen?"

„Ja."

Kayla zeigt auf mich. „Er ist besorgt, dass sie seine Signale und seine stille Art falsch interpretiert."

Adam schenkt ihr das albernste liebeskranke Lächeln, bevor er sich mir zuwendet. „Kayla nimmt immer das Beste von mir an."

„Ich habe mich gefragt, ob sie mit ihren Interpretationen recht hat", sage ich.

„Natürlich habe ich recht!", ruft Kayla. „Ich kenne Adam. Er ist großzügig und wertschätzend. Das ist seine Natur. Wie als wir uns verlobt haben und ich uns passende Braut- und Bräutigam T-Shirts besorgt habe. Er trug seins mit Stolz und sagte, er liebte es, wie ich alles feiere, was wir als Paar tun."

Adam grunzt.

Kayla zeigt auf ihn. „Das ist Adam für *Ich erinnere mich daran und stimme zu.*"

Ich verkneife mir ein Lächeln. Diese lächerlichen T-Shirts habe ich bei vielen Gelegenheiten während ihrer Verlobungszeit gesehen, beim Probeessen und in ihren Flitterwochen. Ich habe mich schlecht für ihn gefühlt, dass er das tragen musste. Vielleicht habe ich sogar gelacht.

Adam küsst sie. „Das stimmt. Ich räume die Einkäufe weg." Er dreht sich zu mir um. „Bleibst du?"

„Ich fahre vor der Arbeit zurück zu Audrey."

„Wurde aber auch Zeit, Bruder", sagt er, bevor er in die Küche geht.

Kayla lächelt mich an. „Ich hoffe, ich habe geholfen."

„Schätze, ich muss Audrey den Drew-Übersetzungsschlüssel geben."

Sie lacht. „Dummerchen! Sie wird es intuitiv erkennen, wenn sie weiß, wer du im Herzen bist."

Ich gehe und bin froh, dass ich eine ordentliche Lösung für Audreys Problem mit unserer Beziehung habe, denn ich weiß verdammt sicher nicht, wie ich meine lösen soll. Wie ich Audrey näherkomme, ohne dass sich die Mauern um mich herum schließen, liegt weit über der Gehaltsstufe von General Cupido. Ich hoffe nur, es ist keine verlorene Sache.

～

Audrey

„Wer bin ich im Herzen?", fragt Drew.

Ich blinzle, verwirrt. Er ist wieder zu meiner Wohnung

gekommen, frisch geduscht und umgezogen, und ich war so begeistert, ihn zu sehen, weil das bedeutete, dass es nicht nur Sex und Abhauen war. Ich dachte, wir würden gleich wieder ins Bett gehen. Stattdessen stellt er tiefgreifende Fragen, bei denen ich nicht sicher bin, ob ich die Antworten darauf habe. Er hat mich auch gefragt, ob ich männliche Körpersprache verstehe. Ähm, irgendwie? Ich verstehe, dass dieser Mann nicht im Verführungsmodus ist.

Er starrt mich einen langen Moment an. „Es ist wichtig, dass du weißt, wer ich im Herzen bin, damit du nicht beleidigt bist, wenn ich was sage oder nicht sage, und dann einen Groll hegst."

„Ich hege keinen Groll."

„Hast du aber. Jetzt, da wir uns gut verstehen, möchte ich, dass es so bleibt." Er packt meine Jeans an der Gürtelschlaufe und zieht mich gegen sich. *Das gefällt mir schon besser!*

Ich lächle ihn an.

Er bleibt ernst, seine Augen sind auf meine gerichtet. „Das ist der Schlüssel zur Drew-Übersetzung, denn ich wollte dich nie beleidigen oder dich demütigen."

Ich lächle und lege meine Hand über sein Herz. „Ich denke, du bist ein guter Mensch im Herzen."

„Nein, es ist mehr als das. Du musst viel mehr über mich wissen, um mich zu verstehen."

Ich lege meine Arme um seine Mitte. „Okay, sag mir, was ich wissen muss."

„Ich bin sehr körperlich."

Ich lächle. „Das lerne ich gerade."

„Gut. Wenn ich also nichts sage, aber dich anfasse, dann ist das deine Antwort. Wie wenn du was im Bett ausprobieren willst, werde ich dich wahrscheinlich einfach packen, um dir zuzustimmen."

Meine Lippen zucken. „Woher kommt das denn?"

„Adam und Kayla verstehen sich großartig, weil Kayla Adams Sprache versteht. Sie sagt, sobald wir beste Freunde sind, verstehst du es auch, aber so lange kann ich nicht warten, also erzähle ich dir jetzt was."

Ich nehme seine Hand und führe ihn zum Sofa. „Du hast mit Kayla über uns gesprochen?"

„Ja, ich bin auf dem Weg hierher da vorbeigefahren, aber Adam war nicht zu Hause, also hat Kayla mir was erzählt."

Ich verkneife mir ein Lachen. „Da bin ich mir sicher." Kayla ist am schlimmsten, wenn es darum geht, zu viel zu erzählen. Sie hat uns Damen über ihr Sexleben mit Adam auf dem Laufenden gehalten, als sie das Gefühl hatte, dass er alles zu langsam anging. Und als die Dinge auf Kurs kamen, haben wir auch alles davon gehört.

„Wahrscheinlich zu viel, aber ich denke, das ist besser als nicht genug. Grunze ich?"

Ich lache. „Nicht, dass ich es bemerkt hätte."

„Oh. Denn auch das kann was bedeuten." Seine Brauen ziehen sich zusammen. „Ich spreche auch nicht in Zweisilbern."

„Nein, tust du nicht. Du bist zu vollständigen Sätzen fähig."

Er nickt, seine Augenbrauen nachdenklich nach unten gezogen. „Kayla sagt, du musst dich auf meine Körpersprache einstimmen. Deswegen habe ich dich eben danach gefragt."

Ich streiche mit den Händen über seine Brust und über seine Schultern. „Das würde ich gerne tun."

Er streichelt meine Haare. „Ich fange an zu denken, dass Adam und ich einander doch nicht so ähnlich sind, wie ich dachte."

„Ihr seid beide eher Männer der Taten als der Worte."

„Ja."

Ich küsse seinen Hals hoch und flüstere ihm ins Ohr: „Zeig mir also ein bisschen Action."

Er schenkt mir ein sexy Lächeln, bevor seine Lippen auf meine treffen.

11

Ich sitze am Rande meines Platzes und beobachte die Uhr bei der Arbeit, während ich darauf warte, zu hören, wie Eves Treffen mit Claire Jordan verlaufen ist. Dieser Film-Deal ist meine letzte Hoffnung. Und, ja, ich habe wirklich angestrengt versucht, das zu überwinden, was Drew getan hat, dass er mein Buch ohne mein Wissen rausgeschickt hat. Ich sage mir immer wieder, dass er gute Absichten hatte.

Mein Telefon klingelt, und ich zucke zusammen. *Es ist Eve!*

Ich atme tief durch und antworte mit ruhiger professioneller Stimme. „Hi, Eve, wie geht's dir?"

„Gut, danke. Ich werde gleich auf den Punkt kommen. Claire wollte die Filmrechte nicht kaufen."

Mein Magen brennt. Ihre Stimme taucht in den Hintergrund, während ich in die Ferne starre. Mein Buch ist offiziell tot. Diese ganze Arbeit. Mein Herz, meine Seele sind in die Seiten geflossen. Weg! Puff! Ein fehlgeleiteter Mann hat die Ruine errichtet, beendet von einer Filmproduzentin/Schauspielerin, die ich nie getroffen, aber seit Jahren bewundert habe.

Natürlich hat es nicht funktioniert. Alle Agenten haben es aus einem Grund angelehnt. Warum sollte Claire Jordan Millionen investieren wollen, um es zu verfilmen?

Ich lasse die Schultern hängen. „Okay, nun, danke, dass du es mir gesagt hast." Meine Stimme klingt ganz leise.

„Möchtest du, dass ich es weiter versuche?"

„Ich dachte, sie hätte Nein gesagt."

„Hast du nicht gehört, was ich gesagt habe?"

Ich wische eine Träne aus meinem Auge und schlucke den Kloß von Emotionen herunter, der in meinem Hals festsitzt. Ich werde jeden Moment zusammenbrechen. „Tut mir leid!" Meine Stimme erstickt, und ich bedecke meinen Mund und versuche, ein Schluchzen zurückzuhalten.

„Ich sagte, ich glaube immer noch an dieses Projekt. Claire hat kein Potential gesehen, es zu vermarkten. Heutzutage müssen die Dinge wirklich groß werden als Release, oder es ist ein riesiger Verlust, und ihre Produktionsfirma kann das nicht riskieren. Wenn das Buch bereits eine Leserschaft hätte, wäre das anders. Egal, wenn es okay für dich ist, kann ich meinen Agenten bitten, ein paar Produzenten anzusprechen, die er kennt. Sie denken vielleicht nicht alle das Gleiche wie Claire."

Mein Bauch dreht sich langsam. Ich glaube nicht, dass ich ein weiteres Nein und noch eins und noch eins ertragen kann. Das hier ist das Buch meines Herzens.

„Ich weiß es zu schätzen, aber nein. Ich habe schon alle Literaturagenten verbrannt; ich will nicht auch noch alle Produzenten verbrennen. Ganz ehrlich, weitere Zurückweisung kann ich, glaube ich, nicht ertragen." Ich habe Drew die Ablehnungs-E-Mails an mich weiterleiten lassen, obwohl sie alle dasselbe sagten. Formularbriefe. Nur einer hörte sich persönlich an und bat, mein nächstes Buch zu sehen. Ich habe es nicht in mir, noch ein Buch zu schreiben.

Ich lasse den Kopf in meine Hände sinken. *Buch tot. Traum tot. Mi-i-i-i-st!*

„Es braucht nur ein Ja", sagt Eve.

Ich lege meinen Kopf auf eine Hand und starre leer auf meinen Schreibtisch. „Ich kann nicht."

„Hast du schon über Self-Publishing nachgedacht? Du

könntest deine Leserschaft immer noch so aufbauen. Dann könnte ein Ja bei den Verlegern wahrscheinlicher sein."

Es klingt alles so logisch, aber alles, woran ich denken kann, sind meine Veröffentlichungsträume von einer großen Party, einer Lesereise, meinem Buch in den Regalen meiner Lieblingsbuchhandlung Book It. Ein Teil von mir hat davon geträumt, ein riesiger Bestseller zu sein. Vielleicht habe ich zu groß geträumt, aber es war *mein* Traum. Der Einzige, den ich je hatte. Der Einzige, für den ich je so hart gearbeitet habe. Zwei Jahre vergeudet.

„Denk darüber nach, okay?", hakt sie nach.

„Okay."

„Bis bald. Bye!"

Ich verabschiede mich und lege auf. Dann verlasse ich mein Büro und gehe geradewegs aus der Bibliothek. Es ist ein frischer Donnerstag im März, und ein Schauer läuft mir über den Rücken. Ich gehe zum Horseman Inn auf der anderen Seite und überlege nachzusehen, ob Sydney da ist, um Dampf abzulassen, aber ich möchte nicht, dass sie ihrem Bruder Drew etwas darüber sagt, dass er meinen Traum ruiniert hat, auch wenn es sich anfühlt, als wäre das passiert. Ich hätte vielleicht eine Chance gehabt, wenn ich die poliertere Version meines Buches selbst hätte schicken können. Ich kann auch nicht zu Jenna gehen, da sie mit Drews Bruder Eli verheiratet ist. Mann, ich bin umgeben von Robinsons!

Ein Pickup-Truck bremst neben mir, und das Fenster wird nach unten gekurbelt. Drew beugt sich zu mir. „Wo ist deine Jacke?"

Ich öffne die Beifahrertür und steige ohne ein Wort in seinen warmen Truck.

„Soll ich dich irgendwohin fahren? Ich bin auf dem Weg zum Dojo."

Meine Unterlippe zittert. Verdammt! Ich versuche, mich erwachsen in dieser ganzen Sache zu verhalten und dem einzigen Mann, den ich je wirklich geliebt habe, zu verzeihen. Nicht jeder kann seine Träume erfüllen. Wichtig ist, dass ich einen Traum hatte und mein Bestes gegeben habe. Richtig?

Richtig?

Er streichelt mir die Haare aus dem Gesicht zurück und nimmt mein Kinn. „Was ist passiert?"

„Eve sagt, Claire will die Filmrechte nicht."

„Tut mir leid, das zu hören."

Ich verkneife mir ein Schluchzen. „Es ist nur so schwer, meine großen Träume von einer Veröffentlichung loszulassen. Ich wollte mein Buch in den Regalen von Book It sehen, vielleicht sogar am Flughafen. Und ich hatte diese Fantasie von einer Lesereise und einer großen Verlagsfeier in Manhattan." Meine Sicht verschwimmt vor Tränen. „Wahrscheinlich beeinflusst durch Fernsehen und Filme, die ich gesehen habe. Ich weiß nicht einmal, ob man sowas im wirklichen Leben macht."

„Es ist alles meine Schuld."

„Teilweise, aber ich versuche, darüber hinwegzusehen." Eine Träne entwischt. „Ich weiß, dass du es gut gemeint hast."

„Ich dachte, ich würde helfen. „Ich wünschte, ich könnte zurückgehen und die Dinge anders machen."

Ich nicke. „Ich weiß. Es ist nur so, dass ich nicht viele große Träume habe, also ist es schwer, diesen hier loszulassen. Vor allem, weil ich zufrieden damit war, das Kleinstadtleben zu leben, umgeben von lebenslangen Freunden und Familie, weißt du?"

Er nickt.

„Aber die Dinge haben sich geändert. Meine Eltern ziehen bald nach North Carolina, die Prioritäten meiner Freundinnen haben sich auf ihre wachsenden Familien verlagert, und was tue ich?"

„Du bist jetzt mit mir zusammen."

Ich schniefe. „Ja, das ist gut. Eve sagt, ich solle Self-Publishing in Betracht ziehen, aber ich weiß nichts davon. Wie man das macht, wie man eine Leserschaft aufbaut. Es klingt schwierig."

„Aber wenn du erfolgreich wärst, würde Claire vielleicht noch mal einen Blick auf die Filmrechte werfen."

„Das hat Eve auch gesagt. Oder ein anderer Produzent. Sie sagte, ihr Agent könne Leute für mich kontaktieren."

„Na, bitte!"

Ich stoße einen zittrigen Seufzer aus. „Ich habe mein Herz und meine Seele in dieses Buch gegossen. Den Agenten hat das nicht gefallen. Was ist, wenn ich es selbst veröffentliche und die Leser es auch hassen?"

„Niemand hat es gehasst. Sie haben es einfach nicht – keine Sorge, ich werde das Problem lösen."

„Nein, mach das nicht!"

„Hör mir einfach zu. Wenn es für dich okay ist, werde ich mich bei einem befreundeten Autor nach Self-Publishing erkundigen, einen klaren Plan für dich erstellen, und dann musst du nur auf *Veröffentlichen* klicken."

Ich denke darüber nach. Der Gedanke, selbst all diese Informationen in meinem aktuellen emotionalen Zustand zu sammeln, gefällt mir nicht.

Ich atme zitternd ein. „Okay, aber mach nichts direkt mit meinem Buch. Ich habe sowieso eine bessere Version, die du nie gelesen hast. Versprich mir, dass du nur Informationen einholst, okay?"

Er wischt meine Tränen mit seinen Daumen beiseite. „Ich schwöre, dein Buch bleibt nur in deinen Händen."

Ich nicke und fühle mich ein wenig besser. „Schätze, ich sollte dich jetzt zur Arbeit fahren lassen."

„Ich fahre dich zurück in die Bibliothek und gehe dann. Caleb ist im Dojo und beendet gerade einen Kurs."

„Okay." Ich lege meinen Sicherheitsgurt an. „Es tut mir leid, dass ich Probleme damit habe, dir zu verzeihen."

Er atmet kräftig aus. „Deshalb habe ich gesagt, dass du zu gut für mich bist. Du entschuldigst dich bei mir für etwas, das *ich* getan habe. Nimm dir so viel Zeit, wie du brauchst, um mir zu verzeihen. Ich werde es dir nicht übelnehmen. Verdammt, ich wäre auch sauer auf mich."

Er wendet und fährt zurück zur Bibliothek. „Hast du morgen Abend frei?"

„Ja. Warum?"

„Ich möchte dich zum Abendessen ausführen. Wie wär's mit dem Spencer's?"

Meine Lippen biegen sich nach oben. Es ist nicht nur ein echtes Date, sondern das Spencer's ist das beste Restaurant der Stadt, es gehört zum Inn on Lovers' Lane. „Sehr gerne."

„Warst du schon mal dort?"

„Nur für einen Hochzeitsempfang. Ich wollte immer mal hin, aber es ist so teuer."

„Du bist es wert."

Wie könnte ich ihm nicht vergeben?

Ich komme da hin, ich schwöre es.

~

Drew

Das Spencer's wird vom lokalen Küchenchef Spencer Wolf geleitet. Ich wusste immer, dass ich eines Tages sein Restaurant für einen besonderen Anlass ausprobieren wollte. Und was könnte besonderer sein, als meine Beziehung zu Audrey zu festigen? Ich habe mit Matt über das Self-Publishing gesprochen, und er war eine fantastische Informationsquelle, da er plant, es selbst für sein nächstes Buch zu nutzen. Er hat mir sogar die Kontaktinformationen für seinen Cover-Designer gegeben und jemanden, der Werbung macht. Self-Publishing bedeutet viel mehr, als mir klar war. Ich freue mich darauf, Audrey mitzuteilen, was ich erfahren habe. Es bedeutet eine Chance für ihr Buch. Ich glaube, sie wird mir verzeihen, wenn diese neue Strategie funktioniert.

Ich halte ihr die Tür zum Restaurant auf, meine Augen schweifen wertschätzend über ihren zierlichen Körper, der in einem ärmellosen schwarzen Kleid und hohen Schuhen steckt. Den schwarzen Schal hat sie zu ihren Ellbogen fallen lassen und so ihre glatten Schultern und die zarten Linien ihres Halses freigelegt. Ihr dunkles Haar hat sie hochgesteckt. Ich will meine Zähne in diesen Hals versenken. Natürlich sanft.

Sie lächelt mich im Vorbeigehen an. „Danke!"

Ich will sie gegen mich ziehen und sie atemlos küssen, aber ich halte mich zurück. Das hier ist ein Date, keine Verführung. Das wird später kommen.

Das Restaurant ist rustikal, größtenteils Holz und Schmiedeeisen. Auf der linken Seite befindet sich eine Bar mit schwarzen Ledersesseln. Weiter hinten ist der Gastraum, der von Milchglasleuchtern über glänzenden dunklen Holztischen sanft beleuchtet wird.

„Ich bin froh, dass es hier warm ist", sagt sie. „Ich war mir nicht sicher, ob ich meinen Schal die ganze Nacht tragen müsste."

„Ich hätte dir meinen Blazer gegeben, wenn dir kalt wäre."

Sie legt eine Hand auf meinen Arm und lächelt. Mein Herz schlägt heftiger. Es ist fast so, als ob sie mir schon verziehen hätte. Aber ich kann mehr tun, um das zu verdienen.

Ich nenne dem Tischanweiser meinen Namen, und einen Moment später sitzen wir an einem Tisch in der Nähe der hohen hinteren Fenster.

Sie sieht sich um. „Wow, so viele hohe Fenster und Oberlichter. Ich wette, dieser Raum ist im Sommer von Licht durchflutet. Dann sollten wir noch einmal herkommen."

„Willst du nicht zuerst das Essen probieren, um zu sehen, ob du noch einmal herkommen willst?"

Sie verdreht die Augen. „Es ist Spencer. Ich habe sein Essen schon oft gegessen, und du auch."

Spencer hat im Horseman Inn gearbeitet, bevor er sein eigenes Restaurant eröffnet hat. Er kümmert sich auch um die Hochzeiten im Inn on Lovers' Lane, das seiner Frau Paige zusammen mit ihrer Schwester Brooke gehört. Dennoch war ich noch nie in seinem Restaurant. Vielleicht ist er abtrünnig geworden und serviert Schnickschnack wie Speckschaum und karamelisierten weißen Spargel. Sowas habe ich mal im Fernsehen gesehen. Nicht, dass ich mir Kochshows ansehe. Aber an diesem Abend lief einfach kein Spiel.

Ich sehe mir die Speisekarte an. Es ist teuer, aber wenigstens gibt es was, das ich mag. Ich nehme das Rib-Eye. Ich sehe zu Audrey und erinnere mich zu spät daran, dass ich es zu einem besonderen Abend für sie machen sollte. Schließlich ist es unser erstes richtiges Date.

„Du siehst wunderschön aus", sage ich.

Sie streicht ihr Haar zurück, ihre Wangen verfärben sich rosa. „Danke! Das musst du mir nicht immer sagen."

Ich habe es tatsächlich schon ein paarmal gesagt – als ich sie abgeholt und als ich geparkt habe. General Cupido hat mir keinen Romantikplan gegeben. Das hätte wirklich in dem ursprünglichen   Audrey-in-dein-Leben-einladen-Plan enthalten sein sollen.

„Ich möchte, dass du dich heute Abend amüsierst", sage ich.

Sie salutiert. „Ja, Sir."

Das klang wohl eher nach einem Befehl als nach einer aufrichtigen Bitte. Ich beuge mich vor. „Sag mir, was du bei einem Date magst, und ich mache es."

Sie lächelt süßlich. „Sei einfach du selbst."

„Aber manchmal macht dich das wütend."

„Ich lerne, Drew zu sprechen."

„Okay, gut. Mit Hilfe eines Freundes habe ich mich mit Self-Publishing beschäftigt und habe einen Sechs-Punkte-Plan für die Veröffentlichung im Einzelhandel aufgestellt." Ich ziehe mein Handy raus, um es ihr vorzulesen.

Sie hört aufmerksam zu, während ich den Plan durchgehe.

„Und ich habe einen Cover-Designer engagiert, der ein paar Mockups gemacht hat. Was denkst du?" Ich zeige ihr die drei Beispiele.

Sie schnappt sich mein Handy und scrollt an jedem Cover vorbei. „Wow! Ich fasse es nicht, dass du das alles so schnell gemacht hast. Und auch noch Cover!"

„Ich habe ihm den doppelten Preis gezahlt, damit er es schnell macht."

Sie starrt auf die Cover und scrollt zwischen ihnen hin und her.

Ich ziehe das Telefon zu mir und scrolle zu dem tiefroten

Cover mit einer Frau in Tarnanzug, die in die Kamera schaut. „Das hier ist mein Favorit. Sie sieht so knallhart aus wie deine Hauptfigur."

Sie nickt. „Das gefällt mir auch."

„Großartig! Ich lasse ihn dir die endgültige Version schicken." Ich klicke, um eine E-Mail zu schreiben, und gebe dem Cover-Designer grünes Licht. Keine Zeit zu verlieren, um dieses Problem für Audrey zu lösen.

„Hi, Audrey!", ruft eine fröhliche weibliche Stimme von einem Tisch in der Nähe.

Audrey dreht sich um. „Hey, Paige!" Sie legt ihre Serviette auf den Tisch und geht hinüber zu Paiges Tisch, wo sie mit ihrem Mann Spencer sitzt, der seine Küchenuniform trägt. Spencer ist groß und sportlich und hat kurzes hellbraunes Haar. Nicht so, wie ich mir einen Koch vorgestellt habe. Der ehemalige Koch im Horseman Inn war ein alter Mann mit einem riesigen Bauch, was ich immer für ein gutes Zeichen bei einem Koch hielt. Offensichtlich hat er das Essen geliebt.

Audrey kitzelt Baby Finn unter dem Kinn und gurrt ihn an. Er sitzt auf Paiges Schoß, eine Stoffserviette in der Hand.

Ich schließe mich ihnen an, als ich höre, wie Audrey gerade bestätigt: „Ja. Wir haben ein Date. *Endlich.*"

Paige lacht, ihre hellbraunen Augen funkeln vor Freude. Ich habe so das Gefühl, Audrey und Paige haben über unsere potenzielle Beziehung gesprochen. Jetzt, wo ich so darüber nachdenke, hat Audrey wahrscheinlich mit all ihren Freundinnen darüber gesprochen. Das muss der Grund sein, warum Jenna es mir immer schwer gemacht hat, wenn ich mit Audrey an der Bar des Horseman Inn gesprochen habe. Normalerweise habe ich auf Audrey aufgepasst, für den Fall, dass ein Kerl sie belästigt hat oder sie sich unwohl fühlte. Etwas, das jeder gute Freund tun würde.

Hmm ... vielleicht ist es wirklich eine *Endlich*-Situation. Vielleicht wollte ich schon länger mit ihr zusammen sein, als ich es mir eingestanden habe.

Spencer dreht sich zu mir um. „Hast dich eine Weile jagen lassen, bevor du dich hast fangen lassen. Das verstehe ich.

Paige hat mich *ewig* gejagt, bevor sie mich endlich erwischen durfte."

„Ha! Das hättest du wohl gern", sagt Paige und keucht dann. Finn hat seine Serviette gerade nach hinten geworfen und Paige dabei ins Gesicht geschlagen. Sie nimmt die Serviette aus seiner Hand und dreht ihn zu sich um. „Pass mit Mommys Gesicht auf."

Finn legt seine Hände an ihre beide Wangen und drückt sie zusammen. Paige spricht mit zusammengequetschtem Gesicht, ihre Lippen bewegen sich kaum. „Sieh nur, wie stark er für fünf Monate schon ist."

Spencer streckt die Brust vor. „Das ist mein Junge. Wir haben mit der Bauchlage und seinem Babystudio trainiert."

„Es gibt ein Babystudio?", frage ich interessiert.

„Oh, ja! Da gibt es all diese Ringe und federnden Dinge, die sie ziehen und herumschlagen können."

„Wir freuen uns darauf, dein Restaurant auszuprobieren", sagt Audrey zu Spencer. „Das Menü sieht toll aus."

Spencer setzt ein wölfisch Grinsen auf. Er *ist* schließlich Spencer Wolf. „Ihr könnt nichts falsch machen, egal, was ihr von der Speisekarte nehmt, aber ich empfehle immer, aus den Spezialitäten des Küchenchefs zu wählen. Das sind die Gerichte mit den frischesten und interessantesten Zutaten." Er wendet sich Paige zu und streckt die Hände aus. „Ich habe nur noch fünf Minuten Pause. Gib ihn mir."

Paige reicht ihm das Baby, und Spencer setzt sich anders hin, legt seinen Knöchel über ein Knie und legt Finn so, dass er sich in die Wiege seines Beines lehnt.

„Sprich mit mir, Finn", sagt Spencer.

Finn fängt sofort an zu plappern.

Audrey und ich tauschen einen überraschten Blick aus.

„Dann lassen wir euch mal eure Familienzeit", sage ich.

„Du meinst, ihr müsst zu eurem romantischen Date zurück", sagt Paige mit einem Lächeln.

„Das auch." Ich nehme Audreys Hand in meine und gehe zurück zu unserem Tisch.

Sie winkt ihnen über ihre Schulter zu. „Bye!"

„Die beiden haben sich sonst wie Katz' und Maus gestritten", sagt Audrey, sobald wir wieder an unserem Tisch sind.

Ich blicke zu dem glücklichen Paar, überrascht, das zu hören. „Hat sie dir das gesagt?"

„Oh ja. Wir haben uns angefreundet, als sie in die Stadt gezogen ist, da wir in einer ähnlichen Situation waren. Ihr älterer Bruder und zwei jüngere Schwestern hatten gerade geheiratet, während sie noch Single war, und du kennst meine Geschichte. Die Letzte meiner Schwesternschaft, die Single ist."

„Und das stört dich?"

„Das würde jeden stören."

„Warum? Meine jüngeren Geschwister sind alle verheiratet und haben Kinder, oder Kinder sind unterwegs. Das hat keinen Einfluss auf mein Leben."

Sie hält die Speisekarte vor ihr Gesicht. „Richtig."

Ich nehme ihr die Speisekarte ab. „Warum sollte es wichtig sein?"

„Ist es einfach."

„Warum?"

Sie beugt sich näher und spricht durch zusammengebissene Zähne. „Dies ist kein für ein erstes Date geeignetes Gespräch."

„Wir kennen uns lange genug, um ehrlich zu sein. Warum spielt es eine Rolle, ob deine Freunde oder Geschwister oder jemand vor dir verheiratet ist?"

„Okay, schön. Ich werde es dir sagen, aber du darfst nicht schreiend aus dem Restaurant rennen."

Ich hebe meine Brauen. Als wäre ich jemals vor irgendwas schreiend davongelaufen. Ich bin furchtlos.

Sie macht sich daran, eine Haarsträhne zu drehen, aber sie kann nicht, weil alles in einem Knoten steckt. Ich nehme ihre Hand und drücke sie.

Sie wirft mir ein kleines Lächeln zu. „Ich bin schon lange bereit für die Ehe und für Kinder, und es war schwer zu beobachten, wie meine Freundinnen, die für mich wie Schwestern sind, das bekommen, obwohl es nicht einmal etwas war, auf das sie gehofft hatten. Es fiel ihnen einfach so in den Schoß, und dann zogen sie ohne mich weiter."

General Cupido hat das erwähnt, aber ich dachte, sie hätte vielleicht übertrieben. Jetzt, da Audrey es mir sagt, bedeutet es, dass sie Ehe und Kinder bald will. Ich bin nicht gegen Ehe und Kinder, aber es ist definitiv zu früh. Ich muss mich noch daran gewöhnen, einer anderen Person nahe zu sein.

„Wir sind noch nicht so lange zusammen", platze ich heraus.

Sie hebt eine Hand. „Das meinte ich mit schreiend aus dem Restaurant rennen. Ich will nicht, dass du wegen dem, was ich will, ausflippst. Natürlich ist das nichts, was ich über-stürzen möchte. Ich möchte, dass es richtig ist."

Ich werde still. Nichts, was ich sage, wird in diesem Moment gut klingen. Wenn ich sage, dass ich nicht bereit bin, hört es sich so an, als würde ich sie wegstoßen, und heute Abend geht es nur darum, sie näher zu bringen. Ich ziehe meinen Blazer aus, da ich plötzlich schwitze.

„Entspann dich", sagt sie. „Ich habe nur erklärt, wo ich stehe und warum, okay?"

„Ja. Ähm, danke, dass du es mich wissen lässt." Ich schaue zur Tür, der Fluchtweg ruft mich. Ich muss mich zwingen, mich auf sie zu konzentrieren.

Sie lehnt sich in ihrem Sitz zurück. „Du willst abhauen. Verstehe ich die Drew-Sprache richtig?"

Ich erröte und schäme mich für den Impuls. „Ich bin es nicht gewohnt, jemandem nahe zu sein." *Menschen, denen ich nahestehe, sterben. Mom, Dad, meine Soldatenbrüder.* „Ich versuche es."

„Okay."

Der Kellner bleibt an unserem Tisch stehen, und ich atme aus. Audrey näherzukommen ist wie nackt durch ein Minen-feld zu rennen. Wie schafft es irgendwer jemals auf die andere Seite?

12

Audrey

Ich habe ihm Angst gemacht. So viel ist klar. Zumindest war das Abendessen ausgezeichnet. Drew und ich haben es geschafft, wieder auf festen Boden zu kommen, indem wir mehr über die Veröffentlichung meines Buches im Selbstverlag und alles, was er von seinem Freund und seinen eigenen Recherchen erfahren hat, gesprochen haben. Er ist die halbe Nacht aufgeblieben, um alles Mögliche zu finden. Es bedeutet was, dass er so viel Zeit damit verbringt, mir zu helfen, die ganze Sache in Gang zu bringen. Er hat sogar ein Cover entwerfen lassen! So weit hatte ich noch gar nicht gedacht.

Jetzt fährt er mich von einem erfolgreichen Date nach Hause, aber er kommt mir wieder so distanziert vor. Es herrscht eine schwere Stille im Truck. Wahrscheinlich habe ich es versaut, weil ich ihn habe wissen lassen, dass ich mir schon lange einen Ehemann und Kinder wünsche. Ein No-Go für ein erstes Date. Aber er hat *gefragt*.

Ich unterdrücke ein Seufzen. Ich schätze, das ist der Teil, in dem ich seine Nichtkommunikation auf eine sinnvolle, positive Art und Weise interpretieren sollte, wie Kayla es mit Adam tut. Wissen Sie was? Das ist Bullshit. Kayla denkt wahrscheinlich aus, was sie von Adam hören will, und ich wette, wenn sie ihm sagt, was sie verstanden hat, stimmt er einfach zu, weil das einfacher ist. Ich möchte nicht so viel daran arbeiten. Ich will, dass Drew sagt, was er meint, um mir Dinge zu erzählen und mich wissen zu lassen, wie er sich fühlt.

Er biegt in meine Einfahrt, greift herüber und öffnet den Sicherheitsgurt für mich. Eine merkwürdige Geste! Entweder ist er hilfreich, oder er will, dass ich schnell gehe. Verdammt, wenn ich es nur wüsste!

„Danke fürs Fahren", sage ich. Ein Teil von mir will ihn hineinbitten, und ein Teil von mir ist erschöpft vom ständigen Raten, was wohl gerade in seinem Kopf vor sich geht. Seit dem ersten Mal haben wir die Nacht nicht mehr zusammen verbracht.

Er legt seine Hand um meinen Nacken, zieht mich zu sich, seine Stirn an meine gedrückt. „Aud, mir liegt viel an dir. Mehr als an jedem anderen. Ich will deine Träume wahr werden lassen, egal, was sie sind, einschließlich deines Traums, verheiratet zu sein und Kinder zu haben."

Meine Lippen teilen sich überrascht. Ausnahmsweise bin ich vollkommen sprachlos.

Er fährt mit einem rauen Flüstern fort: „Zuerst müssen wir beste Freunde werden, sicher sein, dass wir uns verstehen, uns bis zu einer Stufe der Nähe vorarbeiten. Du bist die Einzige, die ich je heiraten würde, auch wenn es egoistisch von mir ist, das zu wollen."

Ich streichele sein Kinn, die Wärme seiner Haut schickt einen Ansturm von Empfindungen durch mich. „Warum ist das egoistisch?"

„Weil du so gut bist und ich bin —"

„Der Richtige für mich."

Er küsst mich, zuerst zärtlich, dann fordernder. Und ehe ich mich versehe, hat er mich auf seinen Schoß gezogen. Mein Ellbogen trifft das Lenkrad, und die Hupe geht los.

Wir reißen und voneinander los und lachen.

„Lass uns hineingehen", sage ich.

Sobald ich die Tür zu meiner Wohnung öffne, zieht er mich gegen sich, sein Mund trifft meinen. *Ja!*

Und dann fegt er mich von den Füßen und trägt mich in mein Schlafzimmer. Das ist offiziell das romantischste Date meines Lebens.

~

Drew

Mein Herz rast, als eine Explosion direkt vor unserem provisorischen Hauptquartier hochgeht. Ich stürze hinaus, meine Ohren klingeln, dicker Rauch liegt in der Luft. Mike ist unten. Überall Blut. Zu viel Blut. Ich renne auf ihn zu und reiße schon mein T-Shirt herunter, um ihm ein Tourniquet ums Bein zu binden. Bevor ich mich zu ihm bücken kann, um ihm zu helfen, spüre ich die Mündung einer Waffe zwischen meinen Schulterblättern.

Englisch mit starkem Akzent erklingt in meinem Ohr. „Komm mit mir, Commander."

Mein Training setzt ein, und ich kämpfe um mein Leben.

„Drew! Ich bin's! Audrey!"

Meine Sicht wird klar, und ich bin wieder in der Realität, schweißgebadet und schwer atmend. Audreys blaue Augen sind weit aufgerissen. Ich schäme mich. Ich habe sie auf die Matratze gedrückt, und sie hat Angst.

Ich lasse sie los. „Tut mir leid!" Ich rolle aus dem Bett, nehme meine Klamotten vom Boden und ziehe sie eilig an.

„Drew, du musst nicht gehen. Es ist mitten in der Nacht."

„Schlaf weiter." Ich schlüpfe in die Sneakers und stürze davon.

Und dann renne ich weiter, Meile um Meile, aber dem Schrecken, der mich heimsucht, entrinne ich nicht.

Als ich keinen weiteren Schritt mehr laufen kann, mache ich mich auf den Weg zurück zu mir, lasse mich aufs Sofa fallen und schalte den Fernseher ein. Manchmal hilft das beim Einschlafen.

Nicht heute.

Audrey

Am nächsten Morgen klingele ich bei Drews Haus. Ich mache mir Sorgen um ihn. Er hat seinen Truck bei mir gelassen und ist nicht zurückgekehrt. Er hat auch meine SMS nicht beantwortet. Ich habe seinen Alptraum gesehen. Erst hat er um sich geschlagen, die Decken weggetreten, dann hat er gebrüllt und heftig gekeucht. Plötzlich hat er mich auf die Matratze gedrückt. Ich gebe zu, ich hatte Angst. Er ist stark und hat mich an den Schultern festgehalten. Aber das war's. Er hat mir nichts getan. Er hätte nicht gehen müssen.

Die Tür öffnet sich zu einem müde aussehenden Drew. Seine Haare sind zerzaust, und unter seinen Augen sind dunkle Ringe.

Ich schlüpfe an ihm vorbei ins Haus. Der Fernseher plärrt, während der Moderator einer Kochshow ein Rezept erklärt. Ich wusste nicht, dass Drew sich Kochshows ansieht.

„Hast du überhaupt geschlafen?", frage ich.

Er reibt sich eine Hand über das Gesicht. „Nein."

„Du hättest bleiben sollen. Bei mir hast du schon einmal gut geschlafen."

Er sieht weg, bevor er schließlich sagt: „Wir sollten zu deiner Sicherheit nicht die Nacht miteinander verbringen. Ich verliere mich im Alptraum und gehe in den Kampfmodus. Ich möchte dir nicht wehtun."

„Aber es war nur ein Alptraum. Wenn du Hilfe für dein PTBS hättest–"

Sein Kopf schießt zu mir herum. „Du nimmst mir die Luft zum Atmen! Geh einfach, okay? Geh!"

Ich hole scharf Luft, geschockt von seiner harten Zurückweisung. Erst letzte Nacht hat er die süßesten Dinge darüber geflüstert, dass ich die einzige Frau bin, die er je heiraten würde.

Ich schlucke meinen Stolz herunter und gehe trotz des Schmerzes noch einmal auf ihn zu. „Bitte, Drew. Lass uns darüber reden." Meine Stimme bricht.

Er geht zur Tür, öffnet sie für mich.

Heiße Tränen fluten meine Augen, meine Kehle wird eng. Ich verstehe den Hinweis, überlasse ihn seinem Elend, und mein Mitgefühl für ihn schmerzt mich. Und auch für mich. Wie kann ich einem Mann helfen, der keine Hilfe will?

Drew

Ich gehe im Wohnzimmer auf und ab und kralle mich verzweifelt an mein Inneres. All die Jahre habe ich diesen Schmerz tief in mir vergraben, vorsichtig, dass er die Menschen, die ich liebe, nicht beeinflusst. Der verletzte Blick in Audreys süßem Gesicht trifft mich tief. Ich will ihr nicht wehtun. Ich darf sie nur nicht in meiner Nähe haben, wenn ich mich so fühle, verwundet, mich vor der Welt verstecken muss.

Wenn ich den Schmerz rauslasse, wird es nie enden. Ich werde in meinem Leben nicht funktionieren können. Eine Art Tod. Genau wie Mike und Pete, die Soldaten unter meinem Kommando. Das hätte ich sein sollen. Ich hatte das Sagen.

Genau wie Mom und Dad. Weg, haben mich verlassen, den Ältesten, um auf die Familie aufzupassen. Ich war schon so lange der Starke. Wenn ich aufhöre, stark zu sein, werde ich zerbrechen, und ich weiß nicht, wie ich die Teile wieder zusammensetzen soll.

Ich muss Audrey von diesem Teil von mir fernhalten. Der Schmerz ist zu groß, um sie reinzulassen.

Verdammt! Ich werde sie verlieren.

Ich lasse mich auf die Knie fallen und ergebe mich einem Schmerz, den ich nicht mehr kontrollieren kann. Ein Schluchzen löst sich, tief aus dem Inneren gerissen. Der Damm bricht, und ich kann es nicht mehr bekämpfen. Ich lasse alles in einem großen Schluchzen voller Qualen raus, während ich mich in Embryohaltung am Boden zusammenrolle. All der Schmerz, die Trauer und die Traurigkeit, die ich so lange zurückgehalten habe, stürzen durch mich in großen Wellen, die mich immer und immer wieder schlagen.

Und gerade als ich denke, dass das schreckliche Gefühl ewig andauern wird, verschwindet es. Ich setze mich auf, erschöpft und überrascht, dass ich mich wirklich gut fühle. Ich bin nicht zerbrochen.

Ich mache mich auf den Weg in mein Schlafzimmer, breche auf dem Bett zusammen und falle in einen tiefen, traumlosen Schlaf.

Als ich aufwache, weiß ich, was zu tun ist.

13

———————

Audrey

Ich gehe nach Hause, der Schmerz hat sich tief in mein Herz gegraben. Ich erzähle niemandem, wie sich meine Beziehung zu Drew aufgelöst hat. Es fühlt sich wie ein Verrat an, meinen Freunden über seinen Alptraum zu erzählen. Offensichtlich hat er Schmerzen. Ich wische eine Träne weg. Nun, ich auch. Es fühlt sich nicht gut an, gesagt zu bekommen, ich ersticke ihn. Ich war besorgt.

Ein paar Stunden später bin ich im Tierheim für meine übliche Samstagnachmittagsschicht. Drew ist nicht da. Ich bin mir nicht sicher, ob er mir aus dem Weg geht oder ob er nach seiner schwierigen Nacht endlich eingeschlafen ist.

Gegen Ende meiner Schicht sehe ich ihn schließlich in ein Gespräch mit Dr. Shields vertieft. Sie sieht begeistert aus. Er nennt sie Roxie. Sie haben eine Vergangenheit, von der ich nach dem „Wochenende in Cabo" nicht mehr hören musste.

Drew wirft mir einen ernsten Blick zu und wendet sich dann wieder ihr zu. Mein Magen brennt wie Säure. Ich kehre zurück zu den Hunden, fülle eine Wasserschale auf und beobachte heimlich das Drew-Roxie-Gespräch.

Ich bin so beschäftigt mit Lauschen, dass ich die Hälfte des Wassers auf dem Weg zum Zwinger verschütte. Also gehe ich zurück, hole eine Papiertuchrolle und beseitige das Chaos.

Ich kann nicht richtig hören, was sie sagen, aber sie haben eindeutig viel zu besprechen.

Nachdem ich die Wasserschüsseln aufgefüllt habe, gehe ich mit einem schüchternen Dackelmischling spazieren. Ich will sie hochheben und kuscheln, aber ich weiß, dass es für sie wichtig ist, sich zu bewegen. Ich atme tief die frische Frühlingsluft ein und sage mir, dass nur, weil Drew ein langes intensives Gespräch mit Roxie führt, das nicht bedeutet, dass zwischen ihnen was passiert. Eifersucht ist eine Verschwendung meiner Energie und Zeit. Das ist meine Geschichte, und ich bleibe dabei.

Als ich zurückkomme, sieht Roxie, ähm, Dr. Shields gerade nach den Katzen in deren eigenem Raum. Ich konnte da nicht reingehen, seit Cinder gestorben ist. Sie war eine wunderbare Katze. Jeden Abend, wenn ich auf dem Sofa saß, ist sie auf meinen Schoß gesprungen, hat ihre Vorderpfoten auf meine Schulter gelegt und ihre Wange an meiner gerieben wie eine besondere Cinder-Umarmung. Ich stelle mir immer noch vor, dass sie um die Ecke auf mich blickt, wenn ich in die Küche gehe.

Drew erscheint an meiner Seite und hält zwei Leinen. „Aud, das mit gestern Nacht und heute Morgen tut mir leid. Ich war nicht ich selbst."

Ich nicke, meine Kehle ist zugeschnürt. „Wir sollten wahrscheinlich darüber reden. Willst du nachher zu mir kommen? Wir könnten zum Abendessen was bestellen."

„Ich kann nicht. Ich adoptiere Harry und Truman." Er hält die Leinen hoch. „Roxie kommt rüber, um die Hunde einzugewöhnen."

„Oh." Das ist alles, was ich hervorbringen kann, da Roxie plötzlich zum Feind wird, der sich zwischen mich und meinen Mann stellt. Ich werde rausgeschmissen, sie wird eingeladen.

Roxie hört das und ruft: „Wir werden uns einen schönen Abend machen! Über alte Zeiten plaudern."

Ich knirsche mit den Zähnen.

Drew neigt den Kopf.

Ich wende mich ab, unsicher, wie ich mit all den Emotionen umgehen soll, die in mir hochkochen. Eifersucht, ja, aber auch unglaublicher Schmerz und Wut darüber, dass ich so schnell beiseitegeschoben wurde.

„Wie wäre es mit nächstem Wochenende?", fragt Drew mich.

Ich bringe kein Lächeln zustande. „Ich werde es dich wissen lassen." Ich deute zur Tür. „Ich sollte jetzt besser gehen. Muss über vieles nachdenken. Und ich bin mir sicher, dass du und Roxie den Rest der Arbeit hier auch allein hinbekommt."

Ich gehe, als Drew Harry und Truman zu sich pfeift und vollkommen unbekümmert davon zu sein scheint, dass er mich eine Woche lang nicht sehen wird, obwohl er nicht einmal weiß, ob er mich überhaupt sehen wird.

Offensichtlich lag die Romantik nur auf meiner Seite.

Am nächsten Morgen wache ich verbittert und allein auf. Wer braucht schon Männer, die erst ihre Hingabe erklären und einen am nächsten Tag zum Teufel jagen? Ich habe meine Freundinnen, meine Gesundheit und dieses verdammte Buch, von dem ich schwöre, dass es trotz dieses Trauerspiels von Drews „guter Tat" das Licht der Welt erblicken wird.

Ich bitte meine Freundinnen in einer Gruppennachricht um ein Treffen zum Essen heute Abend. Die Antworten sind schnell und nahezu identisch.

Sydney: *Kann nicht. Sonntagsessen mit der Familie. Du kannst dich uns anschließen. Drew kommt aber nicht. Zu beschäftigt mit seinen neuen Hunden.*

Jenna: *Sonntagsessen mit der Familie. Du solltest kommen.*

Kayla: *Komm doch zu uns zum Sonntagsessen mit der Familie.*

Ich schürze meine Lippen. Das Letzte, was ich will, ist, von Robinsons umgeben zu sein. Ich will bei meinen Mädels sein, nicht ihre Ehemänner sehen, die Drews Brüder sind. Na ja, Sydney ist seine Schwester, aber zumindest weiß ich, dass sie hinter mir steht.

Weitere Texte kommen wenige Augenblicke später.

Paige: *Spencers Mom kommt zu Besuch. Tut mir leid! Nächstes Wochenende?*

Sloane: *Ich glaube, ich habe Wehen.*

Ich schreibe angemessene Antworten zurück, obwohl ich eigentlich sagen möchte: NA SCHÖN! Macht euch um mich keine Sorgen! Macht einfach weiter mit eurem hektischem Leben, mit der Schwiegermutter und der bevorstehenden Geburt!

Nicht, dass ich verbittert wäre.

Dann antwortet Harper, meine berühmte Schauspielfreundin, die unglaublich großzügig ist, mit einer eigenen Bitte. (Sie hat Eve mit Claire Jordan zusammengebracht, was mir letztendlich die Chance auf einen Film gegeben hat.)

Harper: *Ich bin noch in Atlanta beim Dreh, sonst sehr gerne. Könntest du wohl nach dem General sehen? Als ich das letzte Mal mit ihr gesprochen hab', hat sie sich angehört, als würde sie mir was verheimlichen. Vielleicht könntest du herausfinden, was es ist? Ich fürchte, es ist eine Krankheit.*

Ich: *Natürlich.*

Der General ist Harpers Großmutter, bei der sie aufgewachsen ist. Harper arrangiert ein Dinner um 16.00 Uhr im Horseman Inn. Early-Bird-Special.

Und so bin ich zu einem Date mit General Joan gekommen, der letzten Person, mit der ich in meiner momentan verbitterten Single-Frau-Stimmung Zeit verbringen möchte. Sie spielt gern die Kupplerin und verweist mich ständig darauf, dass alle meine Freundinnen Babys bekommen. Glauben Sie mir, das habe ich schon mitbekommen!

Jetzt muss ich noch sieben Stunden rumbekommen. Allein und angepisst.

Ich mache mich mit einer langen Dusche für den Tag fertig und koche mir ein riesiges Frühstück mit Pfannkuchen und Eiern. Danach fühle ich mich etwas besser und beschließe, die Veröffentlichung meines Buches *Noble Calling* im Selbstverlag in Angriff zu nehmen. Ich habe bereits Konten bei den Anbietern eingerichtet, was ziemlich einfach war. Jetzt ist es an der Zeit, mein Baby in die Welt zu schicken.

Ich befolge die Schritte in Drews E-Mail, die nicht annähernd alles abdeckt, was auf meinem Bildschirm angezeigt wird. In meinem Kopf dreht sich alles, und ich versuche herauszufinden, was ich in diese Kästchen schreiben soll. Ich durchsuche die Anleitungen und chatte mit dem Support, der, ich schwöre es, ein Roboter mit vorgefertigten Antworten ist. Tief durchatmen! Ich kann das.

Schließlich google ich, was zu tun ist, weil ich mir hier schon die Haare raufe. Ich stolpere über ein Video-Tutorial und mache mir Notizen.

Eine Stunde später stütze ich meinen Kopf auf die Hand und überprüfe alles, was ich auf den Bildschirm getippt habe, bevor ich mich entscheide, dass es das jetzt ist. Ich habe mein Bestes gegeben. Hoffentlich habe ich es nicht vermasselt. Ich klicke auf Veröffentlichen und schließe die Augen. Ich habe es geschafft! Es ist da draußen!

Als ich die Augen öffne, fordert mich der Händler auf, eine Taschenbuchversion zu erstellen. Schätze, das wäre auch gut. Ich schicke dem Cover-Designer eine E-Mail, um zu sehen, ob er das Cover erzeugen und die Taschenbuchversion formatieren kann, und es stellt sich heraus, dass er auch das kann. Großartig! Das überlasse ich also ihm.

Ich betrachte den Bildschirm, auf dem angezeigt wird, dass das E-Book gerade erstellt wird. Ich weiß nicht, wie lange das dauert, aber machen wir das. Ich befolge Drews Anweisungen, das Buch bei vier weiteren Anbietern zu veröffentlichen. Aargh! Die haben ganz andere Anforderungen und seltsam formulierte Fragen. Wo ist die verdammte Anleitung? Könnte diese Website noch komplizierter sein? Gefunden.

Kurze Zeit später raufe ich mir wieder die Haare. Die Hilfe war nicht sehr hilfreich trotz all der Worte, die da reingestopft waren. Kein Support an Wochenenden. Zurück zu meinem treuen Freund Google.

Als ich beim letzten Anbieter bin, bin ich im Scheiß-drauf-Modus. Wenn es falsch ist, repariere ich es später. Oh, schön. Es gibt ein Kontrollkästchen, mit dem ich mein Buch in Bibliotheken verfügbar machen kann. Natürlich will ich es in Bibliotheken haben. Ich bin Bibliothekarin.

Ich lehne mich erschöpft vom Laptop zurück. Mein Buch wird überall verarbeitet, und ich sollte eine E-Mail bekommen, sobald es live ist. Ich aktualisiere meinen E-Mail-Posteingang mehrmals. Das könnte jetzt etwas dauern.

Sobald es live ist, erzähle ich es jedem, den ich kenne, und verkaufe vielleicht ein paar Ausgaben. Ich lege meine Arme eng um mich, zum Teil nervös, mein Buch in der Welt zu haben, zum Teil begeistert. Es hat eine Chance auf ein zweites Leben.

～

„Nun, das ist schön", sagt General Joan und legt sich eine Serviette auf den Schoß.

Wir sind im Horseman Inn und sitzen an einem Tisch am Fenster, weil sie im Falle von Vandalen ihr Auto im Blick behalten will. Ich bin mir nicht sicher, woher sie diese Idee hat. Summerdales schlimmstes Verbrechen ist in der Regel ein Hirsch, der in einen Garten wandert und eine Mülltonne umwirft.

„Ja." Ich setze ein Lächeln auf und lege meine Serviette ebenfalls in den Schoß. Obwohl ich sie schon mein ganzes Leben lang kenne, weil ich Zeit bei Harper zu Hause verbracht habe, Mrs. Ellis als Lehrerin in der dritten Klasse hatte und mit ihr in zahlreichen Stadtkomitees arbeite, haben wir nie Zeit allein miteinander verbracht. Ich bin wirklich nervös.

Die Kellnerin Ellen, eine freundliche Frau mittleren Alters mit gefärbten blonden Haaren, kommt mit einem Glas Wasser und fragt, ob wir bereit sind zu bestellen. Ich überfliege die Speisekarte nach dem, womit man am wenigsten kleckern kann, weil ich weiß, dass der General auf gute

Manieren und Sauberkeit Wert legt. Gott, warum fühle ich mich bei ihr immer wie ein Kind? Ich sollte herausfinden, ob sie eine schwere Krankheit hat, die sie vor Harper geheim hält.

„Ich werde ein BLT-Sandwich nehmen", sagt der General zu Ellen. „Keinen Speck, und statt Pommes frites bitte einen Salat."

Ellen schreibt unverzüglich alles auf und wendet sich mir zu.

„Ich nehme das Brathähnchen, bitte." Gabel und Messer sind der beste Weg, um sauber zu bleiben.

Nachdem Ellen gegangen ist, lächle ich den General an, dessen scharfe Augen in meine brennen, als wolle sie meine Seele lesen. Sie erwidert das Lächeln nicht.

Beschämt streiche ich mir die Haare hinter die Ohren. „Wie geht's dir?"

„Ganz gut. Womit kann ich helfen? Harper sagte, du müsstest mit mir reden."

„Oh, ähm ..."

„Sei nicht schüchtern. Ich bin hier, um zu helfen."

Ich befeuchte meine Lippen und versuche, mir zu überlegen, wie ich meine Frage formulieren kann, ohne sie zu beleidigen. Ich kann nicht einfach direkt fragen, ob sie eine Krankheit vor ihrer Enkelin verheimlicht. „Was macht Ihre Gesundheit?"

„Alles wunderbar."

„Waren Sie in letzter Zeit mal beim Arzt?"

Ihre Augen verengen sich, und ich setze mich etwas gerader auf. „Hat Harper dir gesagt, du sollst nach meiner Gesundheit fragen? Dieses Mädchen macht sich immer Sorgen um mich. Ich fühle mich immer noch, als wäre ich vierzig!"

„Oh! Das ist großartig!" *Vor allem, da Sie neunzig sind.*

Sie nickt einmal. „Ich halte mich beschäftigt. Lass uns über dich und Drew reden."

Ich zucke zusammen und sage mir dann, dass ich auf der Spur bleiben soll. „Eigentlich, nur so zwischen Ihnen und mir, war Harper ein wenig besorgt, weil Sie ein bisschen geheimnisvoll waren, und normalerweise sind Sie, äh, eher direkt."

Sie stößt einen langen, gequälten Seufzer aus. „Das ist mittlerweile kein Geheimnis mehr. Es hat sich doch herumgesprochen, dass ich mich mit Wyatt wegen Snowball gestritten habe." Snowball ist Wyatts geliebter weißer Shih Tzu.

Ich neige den Kopf. „Sie hatten einen Streit mit Wyatt?" Ich versuche, mir das vorzustellen. Eine Neunzigjährige legt sich mit Wyatt an, einem großen, muskulösen Mann in der Blüte seiner Jahre. Er ist Sydneys Ehemann.

„Ich wollte nur die Gelegenheit haben, Snowball zu porträtieren, um ihn und Sydney damit zu überraschen. Sie waren das erste Paar in der Stadt, dem ich geholfen habe, zusammenzukommen. Ich bin der Cupido der Stadt, weißt du."

Ich mache ein unbewegliches Gesicht und nicke ernst.

Sie fährt fort: „Er war damit beschäftigt, Quinn in den Kinderwagen zu setzen und mit Rexie zu gehen. Ich dachte nicht, dass er es merken würde, wenn die kleine Snowball entwischt."

Ich trinke einen Schluck Wasser und verberge mein Lächeln. „Da müssen Sie sich aber schnell bewegt haben." Die Frau hat eine schlechte Hüfte, die sie nicht reparieren lassen will. Ich bin mir nicht sicher, wie sie gedacht haben konnte, dass das funktionieren würde.

„Ich bin weggeflitzt, aber er hat bemerkt, dass Snowball nicht da war, als hätte er ein drittes Auge im Hinterkopf. Ich hatte keine Ahnung, dass ein Dad so aufmerksam sein kann. Normalerweise kann väterliche Aufmerksamkeit nicht mehr bewältigen, als das Kind im Auge zu behalten. Multitasking ist nicht so ihr Ding." Sie beugt sich vor, um mir verschwörerisch mitzuteilen: „Es sind die männlichen Jägerinstinkte."

Ich überspiele ein Lachen mit einem Husten. „Also haben Sie um den Hund gerungen?"

Sie schlägt empört auf den Tisch. „Er fing an zu schreien, dass ich ein Dognapper sei. So respektlos! Natürlich musste ich anhalten und ihn zur Ordnung rufen."

„Was hat er gesagt?"

Sie wirft ihre Hände in die Höhe. „Er sagte, ich hätte um Erlaubnis fragen sollen. Wie genau sollte ich ihn mit einem Porträt überraschen, wenn ich das tun würde?"

„Ich wusste gar nicht, dass Sie Porträts malen können."

Sie hebt ihr Kinn. „Ich habe einen Kurs besucht. Mein Lehrer sagt, ich sei talentiert. Natürlich musste ich dieses Talent anderen zugutekommen lassen."

„Vielleicht könnten Sie das nächste Mal darum bitten, ein Selfie mit dem Hund der Person machen zu dürfen, anstatt einfach den Hund mitzunehmen."

„Das würde nicht funktionieren. Ich kann keine Menschen malen."

Ich werde nicht lachen. Ich werde nicht lachen. „Okay, dann bitten Sie einfach darum, ein Foto von ihrem Hund machen zu dürfen, weil es Sie glücklich macht, ihre süßen Gesichter zu sehen. Dann können Sie die Besitzer später noch mit einem Porträt überraschen."

Sie schürzt die Lippen und sieht nachdenklich aus. „Hmm, ich habe meine Handykamera immer dabei."

„Genau."

„Danke, Audrey. Das werde ich in Zukunft machen. Also, wie läuft es mit Drew?"

Ich sehe mich um und hoffe, dass unser Essen bald kommt. Nein. Und es ist niemand sonst im Gastraum, weil es so verdammt früh zum Abendessen ist.

„Du hast mir geholfen; jetzt bin ich dran, dir zu helfen", sagt sie.

Ich stoße einen Atemzug aus. „Es ist kompliziert."

„Papperlapp!", bellt sie, und ich zucke zusammen. „Und jetzt sag mir, was das Problem ist."

Der General hat sich definitiv den Spitznamen verdient.

Ich presse die Lippen fest aufeinander. „Er sagt, ich ersticke ihn."

„Dann musst du ihm Freiraum geben."

„So weit war ich auch schon", murmele ich.

Und dann überrascht sie mich und öffnet mir ihre Arme. „Komm her."

Ich gehe um den Tisch, und sie umarmt mich ganz fest. Sie duftet nach Cookies. Heiße Tränen springen in meine Augen.

Sie zieht sich zurück, ihre Hände auf meinen Schultern, während sie nachdrücklich sagt: „Gib nicht auf, Audrey. Ich habe ein gutes Gefühl bei euch beiden."

Ich nicke, weitere Tränen treten mir in die Augen. Ich will ihr glauben, aber es ist schwer.

„Niemand hat gesagt, dass die Liebe einfach ist", sagt sie.

Ich kehre zu meinem Platz zurück. „Nein, das sagt niemand."

Sie lächelt gut gelaunt. „Aber es lohnt sich. Vertraue mir."

Eine Woche vergeht, ohne, dass ich Drew sehe. Ich habe ihm eine SMS geschickt, um ihn wissen zu lassen, dass ich *A Noble Calling* veröffentlicht habe. Seine Antwort: *Gut*. Kein Ausrufezeichen, keine Begeisterung. Ich stelle alles in Frage, was ihn betrifft. Doch die Hoffnung bleibt am Leben, weil er mir immer noch Fotos von Harry und Truman schickt. Ich unterstütze ihn dabei, Hunde zu haben. Es war immer Teil meines Plans, ihm bei seinem PTBS zu helfen. Als ich ihn das nächste Mal sehe, werde ich erwähnen, er solle die Hunde für das Best Friends Care Therapiehundeprogramm anmelden.

Ich gebe ihm Freiraum, also bin ich mir nicht sicher, wann ich ihn sehen werde. Ich schalte meinen Computer bei der Arbeit aus, lasse meinen Kopf in die Hände fallen und seufze. Es ist Freitag. Ich gehe nach Hause zu einem schönen Pinot Grigio und werde mir stundenlang was Lustiges ansehen. Die Tage, an denen ich mich spontan mit meinen Freundinnen getroffen habe, sind lange vorbei. Ich hatte Glück, dass ich es vor meinem ersten Irgendwie-Date mit Drew geschafft habe. Sie müssen immer die Kinderbetreuung mit ihren Ehemännern koordinieren, um einen Abend auszugehen, oder einen

Babysitter finden. Oft bin ich der Babysitter. Mir macht das nichts. Nur heute Abend.

Als ich einen meiner Lieblingsfilme aufgetan habe und es mir mit einem Glas Wein und einer Tüte Kartoffelchips zum Abendessen gemütlich gemacht habe, fühle ich mich viel besser. Ich habe *Harry und Sally* schon so oft gesehen, dass ich mitsprechen kann.

Als ich meinen Wein zu Ende getrunken habe, ziehe ich meinen Laptop rüber. Es ist fast eine Woche her, seit mein Buch live gegangen ist. Ich werde mal nachsehen, wie es läuft. Ich klicke darauf und stelle fest, dass es einige Bewertungen gibt und nicht nur aus den USA. Ich kenne nicht einmal jemanden in Großbritannien oder Australien! Ich erkenne die Benutzernamen auch nicht. Die einzige Freundin, die mein Buch diese Woche gelesen hat, war Paige. Alle anderen, denen ich davon erzählt habe, haben es gekauft und gesagt, sie seien noch nicht dazu gekommen. Wer sind diese Leute, die mein Buch lesen und Bewertungen hinterlassen? Ich überprüfe alle Händler und finde mindestens eine Bewertung bei jedem.

Und sie mögen es!

Ich lege die Hand an meine Kehle. Fremde lesen mein Buch, und es gefällt ihnen! Das heißt, ich muss mehr verkaufen als nur an Familie und Freunde. Ich klicke auf das Verkaufsportal, und mir bleibt der Mund offenstehen. Diese Woche sind die Zahlen jeden Tag gestiegen. Als ich alle Verkaufsportale durchgesehen habe, zittere ich. Das ist unwirklich. Es gab sogar einen Kauf in Japan.

Wie haben sie es gefunden? Haben meine Freunde anderen davon erzählt? Drew! Das muss Drew gewesen sein.

Ich will ihm eine Nachricht schicken und zögere. Ich gebe ihm gerade seinen Freiraum. Stattdessen schicke ich allen meinen Freundinnen eine SMS:

Fremde kaufen mein Buch! Und sie mögen es!

Die Antworten kommen sofort:

Yay!

Weiter so, Audrey!

Woohoo! Ich wusste es!

Gefolgt von vielen feiernden Emojis. Ich lache.

Vielleicht ist es an der Zeit, mein nächstes Buch zu schreiben. Ich öffne ein neues Dokument und fange gleich damit an. Da ist diese Idee, die schon eine Weile in meinem Kopf herumspukt.

~

Drei Stunden später schließe ich den Laptop. Mein Gehirn ist gebraten, aber ich fühle mich großartig, die Worte fließen einfach auf die Seiten. Das habe ich so sehr vermisst. Wie kann ich mich als Schriftstellerin bezeichnen, wenn ich nicht schreibe? Jetzt habe ich das Gefühl, wirklich eine zu sein. Es war nicht nur eine einmalige Sache.

Ich schnappe mir mein Handy, um Drew zu schreiben. Ich will ihn sehen, mit ihm reden, ihn anfassen. Ich vermisse ihn so sehr.

Scheiß drauf. Genug damit, ihm Freiraum zu geben. Es ist jetzt eine Woche her, und wenn er es nicht schafft, mich zu sehen, dann ist er vielleicht noch nicht bereit für eine Beziehung. Es ist zehn Uhr. Ich bin mir sicher, dass er noch auf ist.

Ich sehe an mir herunter. Okay, das geht. Ich trage einen langen Pullover mit Leggings. Ich gehe ins Badezimmer, putze mir die Zähne, trage ein wenig Make-up auf und bürste mir die Haare. Für mehr habe ich keine Zeit. Je länger ich warte, desto wahrscheinlicher ist es, dass ich es mir wieder ausrede. Drews Stimme erklingt in meinem Kopf: *Du erstickst mich!*

Und General Joans weise Stimme: *Du musst ihm Freiraum geben.*

Ich schließe die Augen und nutze die Kraft, die mich am Laufen hält, obwohl ich wenig Hoffnung hatte. Es ist nicht so, als wäre mir noch nie eine Tür vor der Nase zugeschlagen worden. Wie als ich an der Columbia University – einer Top-Schule – anfing und nach dem ersten Semester abbrechen musste, weil wir es uns nicht mehr leisten konnten, nachdem

Dad seinen Job verloren hatte. Ich habe nicht gezögert, mich an der lokalen Zweigstelle unserer staatlichen Universität eingeschrieben und pünktlich meinen Abschluss gemacht.

Und als all meine Freundinnen ihre ewige Liebe fanden, die ich schon so lange wollte, und Drew meine Gefühle abwies, habe ich mich nicht in eine Ecke verdrückt. Mutig habe ich das Online-Dating in Angriff genommen.

Und als mein Buch keine Zukunft zu haben schien, ohne dass ich selbst schuld daran war, hatte ich den Mut, es selbst zu veröffentlichen.

Ich kann das. Es ist Zeit für ein offenes Gespräch mit Drew. Jetzt oder nie.

Ich stecke das Handy in meine Handtasche, ziehe eine leichte Jacke an und gehe hinaus. Ich werde keine Forderungen stellen. Ich werde einfach mit ihm reden.

Kurz darauf fahre ich vor seinem Haus vor. Die Lichter sind drinnen an, und in der Einfahrt steht ein schwarzer Jeep. Er hat einen Besucher. Ich sitze einen Moment lang da und bin mir nicht sicher, ob ich reingehen soll. Ist das Roxies Auto? Vielleicht sollte ich ihm eine SMS schreiben, um zu sehen, ob das ein guter Zeitpunkt ist, um rüberzukommen.

Scheiß drauf. Ich bin da. Ich steige aus dem Auto und gehe entschlossen die Auffahrt hinauf. Ich werde jetzt keinen Rückzieher machen. Mein Herz steht auf dem Spiel, und das ist wichtig. *Ich* bin wichtig.

Roxie taucht auf der Veranda auf und kommt direkt auf mich zu. Ich verkrampfe mich.

Als sie mich erreicht, sage ich herzlich: „Hallo!"

Sie kommt näher. „Hi, ich bin mir nicht sicher, ob das ein guter Zeitpunkt für einen Besuch ist. Drew ist nach den allabendlichen Trainingseinheiten, die wir hinter uns haben, ziemlich fertig." Sie lächelt, doch es erreicht nicht ihre Augen. „Ich bin auch an den meisten Morgen hier." Sie beobachtet genau meine Reaktion.

Es fühlt sich an, als würde sie ihren Anspruch markieren. Niemand hat eine so lange Vergangenheit mit Drew wie ich. Ich bin in ihn verliebt seit dem ersten Moment, als ich ihn mit sechs Jahren zum ersten Mal sah, als er elf war. Er war der Standard, den kein Mann je erreicht hat.

„Er ist eine Nachteule", sage ich und bin mir sicher.

„Nun, ich weiß nicht, ob das noch stimmt. Es ist so schön, ihn wieder mit seinem alten Charme zu sehen. Bis morgen im Tierheim!"

„Ja. Man sieht sich."

Sie steigt in ihren Jeep.

Ich schüttele es ab und gehe zur Haustür. Aber dann zögere ich, mein Finger schwebt über der Türklingel. Hat Drew ihr seinen alten Charme gezeigt? Welchen Charme setzt er bei ihr ein? Der Mann, den ich kenne, kümmert sich nicht um Charme. Er ist direkt und ehrlich.

Ich blicke auf die Haustür, erstarrt in meiner Unentschlossenheit. Ich ersticke ihn angeblich, aber Roxie ist Tag und Nacht hier?

Nein. Das lasse ich nicht zu.

Ich klingele. Zeit, mit Mr. Charming zu reden.

14

Drew

Ich öffne die Tür und lächle. „Hast du was vergessen?" Ich ändere schnell den Kurs, als mir klar wird, dass es nicht Roxie ist, die zur Tür zurückgekommen ist. „Audrey!" Harry und Truman stürmen herbei und bellen sich die Köpfe ab.

„Sitz!", befehle ich. Beide setzen sich. Das Gehorsamstraining war ein Kinderspiel. Es ist das fortgeschrittenere Zeug, bei dem ich Hilfe brauche.

„Ach, da ist ja dieser Charme, von dem ich so viel gehört habe", sagt Audrey mit etwas, das nach Sarkasmus klingt. Kann sie sarkastisch sein?

Sie schiebt sich an mir vorbei ins Haus. „Hör zu, ich habe dir deinen Freiraum gegeben, aber wir müssen reden."

„Hast du –"

„Ich unterstütze dich voll und ganz dabei, dass du die Hunde hast und sie trainierst. Es war eines meiner Ziele für dich, einen Therapiehund für dein PTBS zu organisieren."

„Eigentlich –"

„Aber deswegen bin ich nicht hier. Ich bin hier, weil ich wissen muss, ob du bereit bist für eine Beziehung mit mir. Meine Gefühle für dich haben sich nicht geändert. Sie sind wahr und wichtig für mich, aber ich werde mich nicht weiter wegstoßen lassen."

„Aud, ich habe diese Woche viel Zeit verbracht —"

„Ich weiß, du warst mit Roxie zusammen. Anscheinend bist du wieder der charmante Mann, den sie in Cabo an jenem fabelhaften Wochenende kennengelernt hat. Und weißt du was? Ich bin die erstaunliche Frau, die dich seit dem ersten Tag geliebt hat, als ich sechs war und du elf. Ich habe dich für den süßesten Jungen gehalten, den ich je gesehen hatte, und dann hast du uns Mädels eingeladen, mit dir Basketball zu spielen, und du hast angeboten, uns auf Kisten stehen zu lassen, damit es fair war. Meine Freundinnen waren beleidigt, aber ich nicht." Sie stößt sich einen Daumen in die Brust. „*Ich* wusste, dass du ehrenhafte Absichten hattest. In diesem Moment wusste ich, dass ich dich für immer lieben würde."

Mir bleibt der Mund offenstehen.

Sie stemmt ihre Hände in die Hüfte und hebt ihr Kinn. „Jetzt kennst du meinen Standpunkt. Und ich verstehe das mit dem PTBS und unterstütze dich dabei, jede Hilfe zu erhalten, die du benötigst, um damit umzugehen, aber ich werde nicht länger akzeptieren, auf Distanz gehalten zu werden. Ich bin entweder in deinem Leben oder draußen."

Ich schüttele den Kopf, ein Ansturm von Liebe und Zuneigung geht durch mich. „Gott, du bist umwerfend!"

Sie schiebt ihr Kinn vor. „Ich weiß."

„Kann ich jetzt was sagen?"

„Bitte, nur zu."

„Erstens hätte ich nie sagen sollen, dass du mich erstickst. Du hast zu Recht darauf hingewiesen, dass ich mich um meinen Scheiß kümmern muss. Und ich arbeite daran, weil das Letzte, was ich tun will, ist, dir noch einmal wehzutun, ob unbewusst in einem Alptraum oder weil ich dich bewusst wegstoße."

„Okay." Sie verschränkt die Arme, presst die Lippen zusammen. „Roxie will dich immer noch."

Ich neige den Kopf. „Sie ist einsam."

„Nun, mir gefällt es nicht, dass du so viel Zeit mit ihr verbringst."

„Sie ist Therapiehundetrainerin. Das ist mit ein Grund,

warum Dominic sie angeheuert hat, und deshalb hat sie so viel Zeit hier verbracht. Harry und Truman werden meine Therapiehunde sein. Roxie sagt, sie können dazu trainiert werden, mich aufzuwecken, wenn ich einen Alptraum habe. Es würde mir helfen zu wissen, dass ich dich nicht in Gefahr bringe, wenn ich bei dir übernachte."

„Ich dachte nie, dass ich in Gefahr bin."

„Du bist die erste Frau, bei der ich seit meinem Ausscheiden aus der Army übernachtet habe. Ich war mir nicht sicher, ob du sicher bei mir wärst. Und ich muss sicher zu sein, wenn es um dich geht."

Sie lässt die Hände an ihren Seiten fallen. „Ich möchte bei deiner Arbeit mit den Hunden mithelfen. Wenn das dein Hauptaugenmerk wird, möchte ich dort sein, um dir zu helfen, wo ich kann."

Ich nicke. „Ich werde mit Roxie darüber sprechen."

„Bitte sie nicht um Erlaubnis. Sag ihr, wie es sein wird."

„Ja, Ma'am." Ich öffne meine Arme für sie, und sie stürzt hinein und umarmt mich fest. Ich lege meine Arme um sie, jeder Knochen in meinem Körper entspannt sich. „Du bist in meinem Leben, Audrey. Alles, was ich tue, tue ich für dich."

Die Hunde lehnen sich an meine Beine, einer auf jeder Seite in ihrer Art einer Umarmung. Wir sind zu einem Rudel geworden. Es wird Zeit, dass sie sich daran gewöhnen, dass Audrey sich ebenfalls dem Rudel anschließt.

Sie lehnt sich zurück, um mich anzusehen. „Ich möchte, dass du diese PTBS-Arbeit für dich machst, Drew. Du bist wichtig, und deine psychische Gesundheit ist entscheidend für dein Wohlbefinden. Mach es für dich."

Meine Augen brennen, und dann tritt eine Träne heraus. Ich mache mir nicht die Mühe, sie verbergen zu wollen. „Ich habe mich diese Woche mit Dominic getroffen, von Veteran zu Veteran, um zu sehen, welche Verbindungen er über Best Friends Care für Leute wie mich hat. Er hat mir die Nummer eines Therapeuten gegeben, der auf PTBS bei Veteranen spezialisiert ist. Ich habe ihn heute getroffen. Deshalb bin ich gerade ein bisschen emotional und fertig, aber ich denke, es wird gut. Ich habe ihm erzählt, dass du meintest, ich sei verschlossen. Und das möchte ich nicht mehr sein. Ich möchte dich hereinlassen."

„Das ist wundervoll!" Ihre Stimme klingt angespannt, und sie wischt sich auch eine Träne weg. „Egal, wie lange es dauert, ich bin für dich bei jedem Schritt da. Ich bin so stolz auf dich."

„Wie kannst du stolz auf mich sein? Ich habe noch kaum was getan. Der Weg ist noch so weit."

„Du hast die ersten Schritte auf der Reise gemacht, und das ist der wichtige Teil. Ich weiß, du wirst es abschließen, weil du die Art Mann bist. Stark, kompetent und mit gutem Herzen."

Ich halte sie fest und lasse all die starken Emotionen in hitziger Eile durch mich fließen – Zuneigung, Erleichterung, Freude. Es ist Liebe. Liebe pur. Ich will sie nie wieder gehen lassen.

～

In dem Moment, in dem ich am nächsten Nachmittag das Tierheim betrete, läuft Audrey rot an und winkt mir zittrig zu. Sie liebt mich. Ich gehe zu ihr und hebe sie in einer enthusiastischen Umarmung von den Füßen. Sie quietscht.

Ich setze sie wieder ab und nehme ihr schönes Gesicht in meine Hände. „Ich habe dich vermisst."

„Seit gestern Abend?", fragt sie mit einem sexy Lächeln. Wir hatten nach unserem großen Gespräch intensiven Versöhnungssex. Die Hunde waren nicht so glücklich darüber, aus dem Schlafzimmer geworfen zu werden, und haben draußen gejault. Manche Dinge sind eben privat. Ich habe sie in der Nacht noch bei ihr zu Hause abgesetzt. Ich bin nicht bereit, die Nacht mit ihr zu verbringen, solange ich noch Albträume habe.

„Ja. Ich konnte nicht vorher fragen, weil wir gestern Abend so beschäftigt waren mit Reden und *anderen Dingen*, also –" Ich halte inne und lächele über ihre Röte, „– wie geht's deinem Buch?" Ich weiß es schon, da ich es möglich gemacht habe, aber ich will ihre Reaktion sehen.

Sie schaukelt auf ihren Fersen vor und zurück. „Es läuft großartig. Ich bin so froh, dass ich es im Selbstverlag gemacht habe. Danke, dass du mir dabei geholfen hast, den gesamten Prozess zu vereinfachen."

„Gern geschehen."

Sie tritt näher. „Ich bin ein wenig überrascht, dass die Verkäufe jeden Tag steigen."

„Ich nicht. Es ist ein großartiges Buch."

Sie deutet in Richtung Zwinger, und wir gehen, um Wasser für die Hunde aufzufüllen. Ein paar Minuten später hält sie am Waschbecken inne. „Moment mal! Du hast gar nicht so überrascht ausgesehen. Du hattest aber nichts mit all den Bewertungen und Verkäufen zu tun, oder?"

„Bewertungen? Nein."

Sie sieht mich direkt an. „Was hast du getan?"

Ich zucke die Schultern. „Nur dazu beigetragen, dass es sichtbarer wurde. Ich habe eine große Anzeige im *Summerdale Sheet* und auch im *Clover Park Record* geschaltet, in der *Eastman Gazette* und auf der County Arts Website." Die Zeitungen sind jetzt alle online, also sind die Anzeigen schnell gestiegen. Ich mache vage Gesten, ohne zu verraten, wie viel ich für diesen nächsten Teil ausgegeben habe. „Und ich habe Werbung in den sozialen Medien und auf Suchmaschinen geschaltet."

Sie blinzelt langsam. „Woher wusstest du, wie man das alles macht?"

„Ich habe jemanden eingestellt, den mein Freund Matt empfohlen hat, damit er Anzeigen schaltet, und habe den Cover-Designer Werbegrafiken erstellen lassen. Wir haben schnell gehandelt, weil die ersten Wochen nach der Veröffentlichung ausschlaggebend sind." *Und ich habe sie extra für ihren schnellen Service bezahlt.* Hey, ich habe einen sparsamen Lebensstil, also habe ich Ersparnisse. Für niemanden würde ich das Geld lieber ausgeben als für Audrey.

Sie reibt sich die Schläfe und sieht benommen aus. „Ist das alles, was du getan hast?"

„Und ich habe jedem Buchhändler, den ich finden konnte, eine E-Mail geschickt, um ihm davon zu erzählen, und eine ganzseitige Farbanzeige im *Primo Entertainment* Magazin platziert. Das wird erst nach drei Monaten herausgenommen."

Sie starrt mich an. „Ist das dein Ernst?"

Ich kann nicht sagen, ob sie sich darüber freut. Sie sieht irgendwie ausdruckslos aus. Ich gehe in die Defensive. „Du hast gesagt, solange ich nicht direkt was mit deinem Buch mache, sei es kein Problem. Es war Werbung *für* dein Buch."

Sie stößt einen Atem aus. „Es hat funktioniert, also sollte ich dir wohl danken. Warum hast du das vor mir geheim gehalten?"

„Weil ich nicht wusste, ob es funktionieren würde. Nachdem ich die Ergebnisse gesehen hatte, hätte ich es dich wissen lassen."

„Das muss viel gekostet haben. Das zahle ich dir mit dem Buchverkauf zurück."

„Nein. Das ist eine Investition in deine Zukunft "

Sie zieht die Augenbrauen zusammen, als ob sie sich nicht sicher ist, was sie von meiner Großzügigkeit halten soll. Weiß sie denn nicht, wie viel mir an ihr liegt? Sie ist der einzige Grund, warum ich mir endlich eingestanden habe, dass ich Hilfe für meine psychische Gesundheit gebrauchen könnte. Ich wollte in der Lage sein, ihr nahe zu sein. So, wie sie es verdient.

„Vielleicht könnten wir heute Abend zusammen feiern?", fragt sie.

„Roxie kommt, um mir mit den Hunden zu helfen."

Ihre blauen Augen blitzen auf, aber sie sagt nichts weiter.

„Wir könnten uns am Sonntag treffen", biete ich an.

Sie blickt an die Decke, bevor sie mich mit einem harten Blick versieht. „Lade mich auch ein. Himmel, das ist doch nicht so schwierig. Glaubst du, ich mag es, eifersüchtig zu sein?"

Ich lege einen Arm um ihre Taille und ziehe sie an mich. „Du bist eifersüchtig?"

„Natürlich bin ich eifersüchtig. Sie ist schön und lädt sich immer wieder zu dir nach Hause ein."

Ich beuge mich zu ihr, meine Lippen krümmen sich nach oben. „Niemand ist mit dir vergleichbar." Ich küsse sie mit all der Leidenschaft, die ich für diese erstaunliche Frau empfinde. Sie wird weich, legt ihre Arme um meinen Hals und gibt sich dem Kuss hin. Ihre Hände bewegen sich über meinen Rücken, ziehen mich näher, und plötzlich bin ich gierig.

Ich küsse sie und schiebe sie rückwärts in einen Lagerraum, wo wir Privatsphäre haben können. Sie besteigt meinen Körper, schlingt ihre Arme und Beine um mich. Ich schließe die Tür hinter uns und schmiege mich an ihren Nacken, atme ihren süßen Duft ein.

„Schalte das Licht aus, damit niemand weiß, dass wir hier sind", flüstert sie.

Ich tue es und beanspruche ihren Mund. Gott, sie ist so süß und weich. Ich könnte mich in ihr verlieren. Ich werde nie genug bekommen.

Sie unterbricht den Kuss. „Ich komme heute Abend zu dir."

„Okay. Und sobald das Training beendet ist, werfe ich Roxie raus und dich auf mein Bett."

„Oh! Und was dann?"

Ich lasse meine Hand unter ihr Oberteil wandern und erfreue mich an ihrer seidigen Haut. „Dann reiße ich dir die Kleider vom Leib und ..." Ich ziehe sie gegen meine Härte, und sie stöhnt, bevor sie meinen Kopf packt und mich leidenschaftlich küsst.

Die Tür öffnet sich, und die Lampe geht an.

„Oh Mist!", ruft eine Frauenstimme. Roxie.

Ich stelle Audrey wieder auf die Beine, während wir beide Roxie gegenüberstehen. Ich sehe zu Audrey. Ihr Haar ist zerzaust, ihre Wangen sind gerötet, und ich will verdammt sein, wenn sie nicht ein bisschen selbstgefällig aussieht.

Roxie deutet zwischen uns hin und her. „Mir war gar nicht klar, dass ihr beide – tut mir leid. Macht weiter!" Sie schließt die Tür wieder.

Ich nehme Audreys Kinn und knabbere an ihrer Unterlippe. „Du hast das geplant."

„Was!"

„Du wolltest ihr mit deiner wilden verführerischen Art zeigen, dass du mit mir zusammen bist."

Audrey kichert. „Ich habe noch nie eine wilde Verführung hinbekommen. Außerdem glaube ich, dass das mehr du warst als ich."

„Oh nein, das warst ganz du."

Sie legt eine Hand an meine Brust. „Heute Abend."

„Das ist ein Versprechen."

Wir lächeln einander an. Mein Herz klopft heftig, während Emotionen durch mich strömen. Das ist neu für mich, starke Emotionen zu erleben. Audrey hat mein Herz geöffnet.

~

Drei Wochen später …

Audrey

„Ich versuche es ja!", sage ich mit einem Lachen, während der Frisbee ungefähr zwanzig Zentimeter vor mir landet.

Harry und Truman stehen in der Ferne in Drews Garten und sehen enttäuscht aus. Ich habe Drew die letzten drei Wochen mit seinen Hunden geholfen. Sie sind solch eine Freude.

Drew lacht, schnappt sich das Frisbee, legt seine Arme von hinten um mich und führt mich. „So. Direkt auf dein Ziel zu." Er hilft mir, mit einer knappen Bewegung mein Handgelenk schnellen zu lassen. Das Frisbee schwebt ein Stück in der Luft, und Harry rennt, um sie zu fangen.

Ich kann die Hunde unterscheiden, weil Truman schwarze Ohren hat und ein blaues Halsband trägt. Harry trägt ein rotes. Außerdem ist Harry schneller und klüger. Er ist derjenige, der eine Fortbildung als PTBS-Therapiehund absolviert. Wenn Drew rausgeht, nimmt er die Hunde mit, und sie tragen Camo-Bandanas, auf denen ‚Hund zur emotionalen Unterstützung' steht. Es zeigt, wie Drew über sich hinausgewachsen ist, dass er in der Öffentlichkeit dazu steht, dass die Hunde da sind, um ihm zu helfen.

„Harry, komm!", befiehlt Drew.

Harry rennt zurück zu ihm und lässt das Frisbee zu seinen Füßen fallen. Drew streichelt seine Seite. „Braver Junge." Er blickt in die Ferne. „Truman, die hier ist für dich."

Er wirft das Frisbee hoch.

Truman rennt darauf zu. Das tut Harry auch.

„Harry, bleib!", befiehlt Drew. Harry setzt sich und sieht Drew an.

Truman springt in die Luft und fängt das Frisbee mit dem Maul.

„Und weiter!", sagt Drew.

Harry springt in Aktion und rennt hinter Truman her, der mit seinem Preis im Maul einen Kreis um den Garten dreht.

Drew schlingt von hinten seine Arme um mich. Er ist jetzt viel entspannter, seit er die Hunde hat. Sie haben ihm einen starken Fokus gegeben, da er sie täglich trainiert, und sie haben ihm auch geholfen, sein Herz zu öffnen. Er ist jetzt gefühlvoller mir gegenüber. Und wenn er erst einmal anfängt, über die Talente seiner Hunde zu reden, findet er kein Ende.

„Gestern Abend habe ich Harry beigebracht, mir seine Leine zu bringen", sagt er. „Er hat es in nur zwei Versuchen geschafft."

Sie sehe ihn über die Schulter an. „Und was ist mit Truman?"

„Als er sah, wie Harry das machte, hat er es sofort nachgemacht. Vielleicht lernt er, durch Nachahmen ein Therapiehund zu sein."

„Vielleicht."

„Sie sind beide so klug."

Ich widerspreche ihm nicht, obwohl es offensichtlich ist,

dass Harry derjenige ist, der es draufhat. Er versteht jedes neue Kommando sofort. Oder vielleicht ist Truman der Klügere und befolgt nur die Befehle, nach denen ihm gerade zumute ist. Ha!

„Möchtest du heute über Nacht bleiben?", fragt Drew.

Ich drehe mich in seinen Armen um, bin überrascht. Er wollte keine Nacht mehr mit mir verbringen, seit er den Alptraum hatte und mich auf die Matratze gedrückt hat. Das war vor einem Monat. Ich bin verständnisvoll, da er immer noch Zeit mit mir verbringen will. Tatsächlich bin ich jetzt, wo ich in die Hundeausbildung einbezogen bin, jeden Abend bei ihm. Er fährt mich dann spät nach Hause und kommt morgens mit Kaffee von Summerdale Sweet und seinen Hunden bei mir vorbei. Roxie hat ihn kurz, nachdem sie uns beim Küssen im Lagerraum erwischt hat, an einen erfahrenen PTBS-Therapietrainer verwiesen, Brian. Klug von ihr, sich zurückzuziehen.

„Bist du dir sicher?", frage ich.

„Ich hatte seit zwei Wochen keinen Alptraum. So lang war ich noch nie ohne. Und Harry macht es gut mit seinem Alptraumtraining."

Drew tut tagsüber so, als hätte er Albträume, und bringt Harry bei, ihn anzustupsen und sein Gesicht zu lecken. Sobald er sicher ist, dass Harry das beherrscht, wird er mit dem Trainer zusammenarbeiten, um Harry auch noch einen Perimeter-Check durchführen zu lassen und das Zimmer von einer Ecke zur anderen zu überprüfen. Damit ähnelt er einem Soldaten, und das beruhigt Drews Nerven.

„Okay", sage ich.

Er legt seine Hand an meine Wange. „Brian sagt, es wird Harry helfen, wenn meine Lebensgefährtin da ist, die ihn auf meinen Alptraum aufmerksam macht."

„Oh, also bin ich nur der nächste Schritt in der Trainingseinheit?", sage ich mit neckender Stimme.

Er dreht sich zu mir um, sein Ausdruck ist ernst. „Du bist ein wichtiger Teil davon, denn ich hoffe, du wirst dauerhaft in meinem Leben bleiben. Ich liebe dich, Audrey."

Mein Herz zieht sich zusammen, und ich breche in Tränen aus. Es ist das erste Mal, dass er die Worte gesagt hat, obwohl ein Teil tief in mir es wusste.

„Was ist los?", fragt Drew und sieht entsetzt aus.

Ich wische die Tränen beiseite. Es ist schön, diese Worte zu hören. Die Hunde rennen um meine Beine und lehnen sich in ihrer Art einer Umarmung gegen mich. „Mir geht's gut, Jungs. Ich bin nur glücklich."

Drew beugt sich zu meinen Augen hinab und überprüft meine Aufrichtigkeit. „Bist du sicher?"

Ich nicke. „Sehr sicher. Ich liebe dich auch."

Er hebt mich auf seine Arme und trägt mich ins Haus. Das ist immer ein Vorbote eines langen Liebesakts. Die Hunde traben glücklich neben ihm, wahrscheinlich in der Hoffnung, dass sie diesmal nicht aus dem Schlafzimmer geworfen werden. Tut mir leid, Harry und Truman. Nur für Menschen.

Er legt mich in die Mitte seines Bettes und hält inne, um die Hunde rauszutreiben. „Geht an euren Platz!", befiehlt er. Die Hunde haben kuschelige Betten in einer Ecke des Wohnzimmers. Das ist ihr Platz. Sie schlafen auch hier auf einem zweiten Bett, was er aber nicht ihren Platz nennt.

Sie stürzen in ihre Ecken und lassen sich sofort nieder. Er wird sie später rufen und mit Zuneigung überhäufen. Es funktioniert.

„Ich bin auch an meinem Platz", verkünde ich, ziehe meinen leichten Pullover aus und öffne den vorderen Verschluss meines BHs.

Drew stürzt sich auf mich und setzt sich auf meinen Körper. „Ja, das bist du." Er küsst mich, zieht mir den BH aus und streichelt mich dann überall. Ich schmelze unter seiner Berührung, während seine Hände meinen Hals hinunter streichen, über mein Schlüsselbein, meinen Rücken, meine Seiten hochgleiten, um meine Brüste zu bedecken. Er hat es nicht eilig, und seine Berührung ist zärtlich. Als wäre er besonders vorsichtig mit mir.

Er lehnt sich auf die Fersen zurück und zieht sein langärmliges Baumwollhemd aus. Ich setze mich auf, um seine schöne Brust zu streicheln, und lächle vor Staunen. Ich bin immer noch erstaunt, dass ich mit seinem sexy Körper tun kann, was ich will.

Er zieht mich an der Taille zu sich und legt mich flach auf den Rücken, damit er meine Leggings und meinen Slip runterziehen kann.

„Aber du machst dich auch nackt!", sage ich.

Er gehorcht, zieht sich schnell aus und bedeckt mich dann mit seinem Körper. Ich seufze über die Lust von Haut auf Haut, die Hitze und Härte seines Körpers, der an meinem weich wird.

Ich streiche meine Finger durch die Haare an seinem Nacken und ziehe ihn für einen weiteren Kuss herunter.

Er hebt den Kopf, sieht mir in die Augen. „Ich liebe dich so verdammt sehr. Ich kann nicht fassen, was für ein Glück ich habe, dass du in meinem Leben bist."

Meine Augen werden feucht. Er hat wirklich sein Herz für mich geöffnet. „Ich liebe dich auch so, so sehr."

Er küsst mich zärtlich, ehrfürchtig, lange Küsse, die mich in einem Meer von Empfindungen treiben lassen. Sein Mund bewegt sich, streicht über meinen Nacken und arbeitet sich langsam meinen Körper hinunter. Ich streichle über seinen Rücken und seine Schultern, bis er ganz unten an meinen Knöcheln unerreichbar ist.

Ich spreize die Beine. „Ich bin bereit für dich."

Er blickt gierig auf das, was ich anbiete, und befeuchtet seine Lippen. Ein pulsierendes Verlangen durchströmt mich. Ich greife nach ihm, und er küsst sich langsam meinen Oberschenkel hoch. Ich zittere, während er an der Innenseite meines Oberschenkels entlang küsst, bevor er sich schließlich dem Lustzentrum zuwendet.

Ich werfe meine Arme zur Seite, ergebe mich dem intensiven Ritt, dem er mich mit seinen Fingern so gerne aussetzt, mit seinen Lippen und der Zunge, um mich hochzubringen, bis an den Rand, und mich dann wieder zu beruhigen, gerade genug, dass ich mich verzweifelt danach sehne, an den Rand zurückzukommen.

Ich stöhne lang und leise. „Ich bin so nah dran."

„Ich weiß. Und ich möchte, dass du da bleibst."

Meine Finger graben sich in die Laken, während meine Hüften sich in seinem Rhythmus bewegen. Der Mann ist magisch. Quälend magisch. Mein Körper spannt sich plötzlich wie ein Bogen, mein Kopf legt sich zurück, und dann stößt er mich über die Kante. Ich schreie seinen Namen, als der Orgasmus hart zuschlägt und mich bis ins Innerste erschüttert.

Er bewegt sich an meinem Körper empor und lächelt mich sexy an.

„So gut", flüstere ich heiser und keuche dann, als er seine Hand auf meinen Hügel legt. Ich stöhne leise, als er langsam seine Hand bewegt, was eine weitere Welle der Lust bringt und noch eine.

Er schmiegt sich an meinen Hals, und ich schlinge meine Arme mit einem Seufzen um ihn. Seine Zähne senken sich in meinen Hals, und ich reiße die Augen auf, jeder Nerv erwacht zum Leben. Das ist seine Art, mich aus meiner orgastischen Erstarrung zu wecken, um noch mehr Action zu haben.

Ich küsse ihn leidenschaftlich und grabe meine Finger in seine Haare. Er unterbricht den Kuss gerade lange genug, um sich ein Kondom zu nehmen, und dann ist er auf mir und stößt langsam hinein.

Er berührt mein Gesicht. „Das hier ist für immer, Audrey. Du bist es für mich."

„Ja. Du warst es schon immer."

Und diesmal ist es anders. Ein langsames Zusammenkommen, ein Verschmelzen von Körper und Seele, ein gegenseitiger Blick in die Augen, in voller Anerkennung der Richtigkeit unserer Verbindung. Die Lust baut sich langsam auf, und er spürt, wenn ich mehr brauche, und stößt genau im richtigen Winkel. Sein Mund schluckt meinen Schrei, während ich komme und hilflos unter ihm schaukele. Er folgt mit seiner eigenen Erlösung wenig später mit einem gutturalen Stöhnen.

Er legt sich auf den Rücken und zieht mich an seine Seite, arrangiert die Decke über uns. Er weiß, dass mir kalt wird, sobald es vorbei ist, und dass ich die Decke brauche. Er schätzt mich wirklich. Man könnte wohl sagen, er spricht jetzt Audrey, genau wie ich Drew spreche. Das passiert, wenn man ein gewisses Maß an Intimität erreicht.

Ich hebe den Kopf. „Ich war nie glücklicher."

Er lächelt und küsst mich. „Ich auch nicht."

Aus dem Wohnzimmer ist ein Jaulen zu hören.

„Hast du was dagegen?", fragt Drew mich.

„Überhaupt nicht."

Er steht aus dem Bett auf, öffnet die Tür und ruft: „Harry, Truman, kommt!" Dann kehrt er wieder ins Bett zurück.

Die Hunde stehen an Drews Seite des Bettes, die Schwänze wedeln, und beide sehen begeistert aus. Ich schwöre, sie lächeln.

Ich klopfe aufs Bett. „Kommt hoch!"

Sie springen auf das Bett und lecken unsere Gesichter, bevor sie sich glücklich neben uns niederlassen. Harry quetscht sich zwischen uns. Truman ist an Drews Rücken.

„Das Rudel ist wieder zusammen", sagt Drew.

„Die Familie."

„Eines Tages", sagt er und lehnt sich über Harry, um mich zu küssen, „werden wir eine eigene Familie haben."

Ich lache, als Harry versucht, mich mit einem Lecken an meinen Lippen zu küssen. Ich schiebe ihn weg, bevor er sie berührt. „Das ist eine gute Übung."

15

Die Frühlingskirmes ist da! Wir haben die bisher besten Teilnehmerzahlen, und ich bin sicher, das hat mit der wachsenden Popularität von General Joan zu tun, die jetzt als Dog General bekannt ist. War nur ein Scherz. Sie ist bekannt als Joan Ellis, die fabelhafte Hundeporträtmalerin. Nachdem sie Porträts von Hunden der einheimischen Paare gemalt hatte, denen sie angeblich beim Zusammenkommen geholfen hat, hat sie mit Porträts der Hunde im Tierheim angefangen, um auf sie aufmerksam zu machen. Dies führte zu einem Artikel im *Dog Lovers* Magazin, das Menschen aus der ganzen Tristate Region – New York, Connecticut und New Jersey – dazu gebracht hat, sie bei der Arbeit zu sehen und sie damit zu beauftragen, Porträts ihrer Hunde anzufertigen. Was für eine Inspiration, um in jedem Alter seinem Traum zu folgen!

Wir haben die üblichen Karussells – ein Riesenrad, eine Kinderachterbahn, den Scrambler und ein paar andere, die so konzipiert sind, dass man genug gedreht und fallen gelassen wird, um seine Zuckerwatte von sich zu geben. Es ist ein sonniger Samstag im Mai, eine meiner Lieblingszeiten im Jahr.

Drew legt einen Arm um meine Schultern. „Lass uns ins Riesenrad gehen."

„Okay, und dann brauche ich Trichterkuchen zum Abendessen." Es wird spät, die Sonne geht gerade unter.

Er küsst mich. „Du *brauchst* ihn?"

„Ja, es ist ein notwendiges Frühlingskirmesessen."

Er zeigt auf die Menge um General Joan, die an ihrer Staffelei nach einem vergrößerten Bild eines Springerspaniel-Mix
malt, dem neuen Hund ihrer Enkelin Harper. Ein riesiges
Rampenlicht beleuchtet die Malerin bei der Arbeit. „Wenn
man bedenkt, dass wir sie schon vorher kannten."

Ich lache. „Wenn man bedenkt, dass sie uns geholfen hat,
zusammenzukommen."

„Dafür werde ich immer dankbar sein. Und wir hatten
auch was damit zu tun."

„Und unsere Freunde, die uns in einem Raum eingesperrt
haben."

Er lächelt. „Und Harry und Truman, die mir beim Heilen
helfen."

Ich umarme ihn. Er hat sich nicht nur geöffnet, indem er
mit den Hunden eine Bindung eingegangen ist, sondern er
geht auch zur Therapie, um mit seinem vergangenen Trauma
fertig zu werden. Er sagt, er fühlt sich wie ein neuer Mann.
Für mich ist er der Mann, von dem ich immer wusste, dass er
da drin war. Vom guten Jungen, der sich um seine jüngeren
Geschwister kümmerte und immer dafür sorgte, dass sich alle
einbezogen fühlten, über den ehrenwerten Soldaten bis hin
zu meiner ewigen Liebe.

Wir stellen uns für das Riesenrad an. Es ist ein hohes.
Manche Leute schaukeln auf den Plätzen.

Ich packe seinen Arm. „Versprich mir, dass du keinen
Muskel mehr bewegen wirst, wenn wir auf unserem Platz
sitzen. Ich kann die Größe ertragen, solange ich nicht das
Gefühl habe, wir kippen gleich über."

„Kein Problem. Ich hoffe, Harry und Truman haben Spaß
mit ihren Cousins."

Aww. Es ist so süß, wenn Drew so tut, als hätten die
Hunde Hundecousins. Er hat sie bei Sydney und Wyatt gelassen, damit sie mit deren Hunden Snowball und Rexie spielen

können. Es ist gut für sie, Kontakt mit anderen Hunden zu haben. Wyatt macht es Spaß, die Hunde in seinen riesigen Garten zu lassen und ihnen den Ball zuzuwerfen.

„Ich bin mir sicher, sie haben einen Heidenspaß."

Der Ticketkontrolleur überprüft unsere Armbänder und bedeutet uns, in eine Gondel zu steigen. In dem Moment, in dem die Fahrt losgeht, nimmt Drew meine Hand und umhüllt sie mit seiner. „Ich habe eine Überraschung für dich geplant, von der ich hoffe, dass du an Bord sein wirst. Es hat mit deinem Buch zu tun."

Mein Magen verkrampft sich. *Was hat er diesmal getan?*

Die Fahrt stoppt, als die nächste Gruppe einsteigt. Er sieht mich erwartungsvoll an.

Ich wappne mich. „Okay, sag es einfach."

„Es ist eine gute Überraschung. Weißt du noch, dass du eine Lesereise machen wolltest?"

„Ja", sage ich misstrauisch.

„Ich habe die Taschenbuchversion von *A Noble Calling* in den Souvenirläden von Militärmuseen und Gedenkstätten im ganzen Land verteilt. Alle, mit denen ich gesprochen habe, sagten, sie würden sich freuen, wenn du sie besuchst und ihr Inventar unterschreibst. Wir könnten gemeinsam eine Lesereise von Pearl Harbor auf Hawaii zur USS *Constitution* in Massachusetts machen."

Mir bleibt der Mund offenstehen. „Ist das dein Ernst? Wie hast du es geschafft, sie dazu zu bringen, es zu nehmen?"

„Ich habe ihnen einfach gesagt, dass die Verkaufszahlen hervorragend sind, ebenso wie die Bewertungen, und habe es in höchsten Tönen gelobt. Außerdem habe ich angeboten, es ihnen kostenlos zu liefern."

Ich habe keine Bestsellerlisten erreicht, aber die Verkäufe waren gut. Wow! Ich hätte nie einen so mutigen Schritt allein gemacht.

„Aber du hast mich nicht gebeten, Autorenexemplare zu bestellen", sage ich. „Das muss so teuer gewesen sein."

„Ich habe mich mit meinem eigenen Konto als Buchgroß-händler etabliert. Der Typ, der deine Werbung macht, hat mich in die richtige Richtung gewiesen. Es war nicht einfach, aber nach zahlreichen E-Mails und Anrufen beim Help Center habe ich es geschafft. Ich hoffe, damit habe ich keine Grenze überschritten."

Mir bleibt wieder der Mund offenstehen. Genau in dem Moment bringt uns das Riesenrad an die Spitze, wo wir plötzlich anhalten, damit weitere Leute einsteigen können. Mein Magen überschlägt sich, und ich klammere mich krampfhaft an den Sicherungsbügel. Ich weiß nicht, ob ich wegen der Fahrt ausgeflippt bin oder weil Drew so viel ohne mein Wissen für mich tut.

„Geht's dir gut?", fragt er mich und streicht mir in einer beruhigenden Geste die Haare aus dem Gesicht. Er weiß, dass ich es liebe, wenn er mit meinen Haaren spielt.

Ich halte den Atem an. „Alles gut. Wir sind ziemlich hoch hier."

„Keine Sorge. Ich kann uns leicht retten, wenn was schiefgeht."

Ich schließe die Augen. „Bitte lass mich nicht an solch ein Szenario denken."

„Ich sage nur, dass ich Fähigkeiten habe."

„Ja, ich weiß. Das ist wahrscheinlich der Grund, warum du heute noch lebst." Ich zwinge mich, den Griff zu lockern und ihm in die Augen zu sehen. „Ich finde es toll, dass du eine Lesereise für mich organisiert hast. Vielen Dank für alles, was du für mich und mein Buch getan hast."

Er lächelt breit. „Gern geschehen."

„Aber ich bin nicht so gut mit Überraschungen und vor allem Überraschungen, die mit meinem Buch zu tun haben. Von nun an sollten wir alles gemeinsam planen. Das macht immer noch Spaß, oder?"

Er runzelt die Stirn. „Aber das war meine große Geste. Die braucht man vor dem besonderen Moment."

Meine Brauen ziehen sich zusammen. „Was für ein besonderer Moment?"

Er macht dem Schausteller unten ein Zeichen, und das Riesenrad leuchtet in bunten Lichtern auf. So schön! Ich sehe mich um und entdecke meine Freunde unten. Alle sind da, sogar die Babys in Kinderwagen und Bauchtragen. Ich winke ihnen zu. Die große Jenna tritt beiseite, und ich stelle fest, dass sogar meine Eltern da sind. Das ist seltsam. Sie müssen doch dieses Wochenende ihr Haus ausräumen. Es ist verkauft, und die neuen Besitzer kommen am Montag.

Ich drehe mich zu Drew um. „Ich habe meine Freunde oder Eltern noch nie zuvor auf der Kirmes gesehen, und jetzt sind sie plötzlich alle hier. Ist das nicht merkwürdig?"

„Sie sind hier, um das mitzuerleben." Er zieht eine kleine Samtschachtel aus seiner Tasche, öffnet sie und enthüllt damit einen Platin-Ring mit einem runden Diamanten.

Ich schlage mir überrascht eine Hand vor den Mund. Ich sollte nicht so überrascht sein. Drew sagt schon seit einer Weile, er fühle sich mir verbunden. Nur hatte ich nicht damit gerechnet, dass der Moment jetzt sein würde.

„Atmen", sagt er. „Ich kann nicht zulassen, dass du in unserem besonderen Moment ohnmächtig wirst."

Ich nicke und atme zittrig durch.

„Audrey, ich kann mich an keine Zeit erinnern, in der du nicht Teil meines Lebens warst. Von dem süßen Mädchen mit den liebenswürdigen Augen, das mir überallhin gefolgt ist –"

Ich schlage ihm verspielt auf den Arm.

„Bis zu der Frau, die du heute bist. Eine süße, großzügige, freundliche Frau mit großen Träumen und dem Mut, sie zu verfolgen. Ich respektiere dich dafür und auch dafür, dass du mich gedrängt hast, mich meinen Dämonen frontal zu stellen. Alles in meinem Leben ist besser, weil du darin bist. Ich werde dich den Rest meines Lebens lieben."

Tränen kullern aus meinen Augen. „Ich liebe dich auch."

Er berührt mein Gesicht mit einer Hand und küsst mich. „Wirst du mich zum glücklichsten Mann der Welt machen und sagen, dass du meine Frau wirst?"

Ich nicke, Tränen strömen über mein Gesicht. „Ja! Ich bin so glücklich!"

Er steckt den Ring an meinen Finger und umarmt mich.

Ein Jubel von unseren Freunden und der Familie steigt herauf.

Drew beugt sich zu ihnen, und die Gondel kippt gefährlich. Ich kreische, aber seine triumphierende Stimme ist lauter. „Sie hat Ja gesagt!"

Das Riesenrad beginnt seinen langsamen Abstieg und meine Welt kippt in einem traumhaften Dunst. Ich bin mit dem Mann verlobt, den ich mein ganzes Leben lang schon liebe! Und er hat eine Lesereise für mich geplant!

„Sind die Flitterwochen meine Lesereise?", frage ich.

Drew nimmt meine Hand und küsst die Handfläche, seine Augen aufmerksam auf meine gerichtet. „Nein, die ist nur für dich. Wir werden unsere Flitterwochen woanders verbringen. Wo immer du willst."

„Ich wollte schon immer reisen. Das ist so aufregend!"

„Und ich bin bereit für Kinder, wann immer du es bist. Ich weiß, du wirst eine großartige Mom sein!"

Ich schniefe. „Das klingt gut. Lass uns nach meiner Lesereise und unseren Flitterwochen darüber reden."

Er küsst mich. „Ich hoffe, wir haben Töchter, die so sind wie du."

„Was ist mit Söhnen, die so sind wie du?"

„Schätze, das wäre auch gut."

„Es wäre besser als gut."

Er sieht mich an, seine Augen voller Liebe. Ich umarme ihn fest.

Sobald wir die Gondel verlassen, gehen wir zu unseren Freunden und Familien.

Dad strahlt. „Ich wusste es in dem Moment, als er uns alle zum Familienessen eingeladen hat. Herzlichen Glückwunsch!"

„Lasst uns ein Bild machen!", sagt Mom. „Oh, und herzlichen Glückwunsch!" Sie bedeutet uns, ein wenig nach rechts zu gehen, um das Riesenrad in den Hintergrund zu bringen, und fokussiert das Objektiv ihrer Digitalkamera. Sie ist wie eine Profi-Fotografin.

„Schön!", erklärt Mom. „Ich mache weitere Bilder bei Sydney. Wir haben hier gleich kein Licht mehr."

„Party bei mir zu Hause!", sagt Sydney. Sie umarmt mich. „Endlich willkommen in der Familie! Du bist jetzt offiziell eine Schwester. Ich habe es geschafft, dich und Jenna in die Familie zu bringen und meine Brüder zu heiraten. Zu schade, dass Harper abtrünnig war und einen Rourke geheiratet hat. Aber wie sollten wir Robinsons mit dem Adel konkurrieren?"

Ich lache. Die Rourkes in New York sind Cousins derjenigen Rourkes, die tatsächlich in einem Familienpalast leben.

„Glückwunsch!", sagt Jenna und umarmt mich ganz fest.

Es folgt eine Umarmung nach der anderen, denn alle meine Freunde umarmen mich, und dann kommen auch meine Eltern dran.

„Du musst dir ziemlich sicher gewesen sein, dass ich Ja sagen würde", sage ich zu Drew.

Seine Lippen verziehen sich zu einem Lächeln. „Ich bin ein Risiko eingegangen."

„Sieh dir an, wie gut er darin ist, nicht selbstgefällig zu wirken", sagt Wyatt. „Das verheißt Gutes für die Ehe. Sydney sagt immer, ich sehe selbstgefällig aus. Das macht sie verrückt."

„Nein, du siehst aus, als würdest du schmunzeln, was nervtötend ist", antwortet Sydney.

„Wyatt ist der König der Schmunzler", sagt seine Schwester Kayla. „Aber wir lieben ihn trotzdem."

Wyatt schmunzelt. „Das ist nur, weil ich immer recht habe."

„Nein, ich habe immer recht", sagt General Joan, die plötzlich auftaucht. Sie hat einen Fleck rosa Farbe auf einer Wange, was sie etwas weniger einschüchternd macht. „Ich hatte mit jedem einzelnen Paar hier recht. Gern geschehen."

„Danke für unser wunderschönes Snowballporträt", sagt Wyatt mit einem ernsten Gesicht.

„Ich freue mich, dass du über den Dognapping-Groll weg bist, Wyatt", sagt General Joan mit einem Nicken. „Jetzt ist es Zeit für Audreys lang ersehnte Buchparty."

Ich sehe mich um, verwirrt. „Was? Ich dachte, das hier wäre eine Verlobungsparty."

Drew küsst meine Schläfe. „Ich habe gesagt, ich will deine Träume wahr werden lassen. Du wolltest eine Verlagsfeier, eine Lesereise und dein Buch in den Läden sehen. Ich habe für die Lesereise gesorgt, ich habe dein Buch in die Geschenk-läden der Militärmuseen gebracht und in die Abteilung lokaler Autoren bei Book It bekommen, und jetzt haben wir deine Veröffentlichungsfeier."

Ich schaukele auf den Fersen vor und zurück. „Du hast es zu Book It gebracht?" Aus irgendeinem Grund fühlt sich das wie der größte Sieg von allen an. Das ist mein Buchladen in Clover Park. Ich liebe dieses Geschäft.

„Ich mag Book It!", sagt Kayla. „Wir müssen da ein Foto von dir machen."

„Aber zuerst ist es Zeit für ihre Veröffentlichungsfeier in meiner Bibliothek", sagt Sydney.

Ich tausche einen Blick mit Drew aus. Das ist der Raum, in den wir von unseren wohlmeinenden Freunden eingesperrt wurden, in der Hoffnung, dass wir alles besprechen würden. Allerdings haben wir in diesem Raum viel mehr getan als nur zu reden.

Ich lege eine Hand an meine Stirn. „Ich bin überwältigt."

„Ich glaube, sie könnte ohnmächtig werden", sagt Sydney trocken.

Drew fegt mich von den Füßen. „Ich übernehme von hier an."

„Bring sie zur Party!", ruft Sydney, als er mit mir weggeht. „Es gibt viel zu viel Kuchen nur für uns."

Sie denkt, Drew könnte mich stattdessen für ein bisschen nackte Zeit zu zweit nach Hause bringen. Ich habe meinen Freundinnen tatsächlich erzählt, dass er mich gern von den Füßen fegt und ins Schlafzimmer bringt. Was? Ich musste ihnen doch ein paar saftige Details bieten. Sie waren während der ganzen Drew-Saga für mich da.

Ich reibe Drews Brust. „Du hast mir einen Kuchen besorgt?"

„Unter anderem", sagt er geheimnisvoll.
Oh-oh.

Ich komme an Sydneys Haus an, das Herz in meinem Hals. Ich bin mir nicht sicher, ob ich auch nur mit einer weiteren verrückten Überraschung fertig werden kann. Es ist still. Sie müssen die Hunde in das Familienzimmer hinter dem Baby-gitter gebracht haben. Ein verspätetes Bellen geht los, und dann bellen sie alle. Es sind Wyatts und Sydneys Hunde, Snowball und Rexie, zusammen mit unseren Hunden Harry und Truman. Ich schätze, ich sehe sie jetzt auch als meine. Wir haben uns zusammengetan.

„Zurück!", befiehlt Wyatt. Die Hunde werden still. „Ich bringe sie nach draußen."

Kurz darauf erscheint Harper im Foyer. Ah! Ich kann nicht fassen, dass sie hier ist! Das ist ja eine fabelhafte Überra-schung! In meiner Kindheit waren es immer Sydney, Jenna, Harper und ich. Beste Freundinnen und Schwestern für immer.

„Harper! Ich hätte nicht gedacht, dass du es schaffst! Ich weiß ja, dass du gerade drehst."

„Ich bin nur für das Wochenende hergeflogen. Herzlichen Glückwunsch zu deinem Buch und eurer Verlobung!"

Wir umarmen einander, und dann schließen sich Sydney und Jenna der glücklichen Schwesternumarmung an.

„Und was ist mit mir?", fragt Kayla. Sie ist eine neue Ergänzung unserer Schwesternschaft.

„Alle hierher!", sage ich. Die Frauen stürmen herbei, um sich der Gruppenumarmung anzuschließen. Die Männer bleiben zurück und machen Fotos von unserem glücklichen Moment.

„Ich habe alles in der Bibliothek vorbereitet", sagt Sydney. „Nach dir, Audrey."

Ich mache einen Schritt und bleibe dann stehen. „Warte

mal. Das ist aber kein Trick, bei dem du mich wieder einsperrst, oder?"

„Ich werde dich begleiten", sagt Drew. „Wenn du eingesperrt wirst, sind wir wenigstens zusammen."

Ich wedle warnend mit einem Finger vor Sydney und gehe in die Bibliothek. „Oh, wow", flüstere ich. „Es ist wunderschön!"

Die Möbel sind an die Ränder des Raums geschoben, um Platz für einen Tisch in der Mitte zu schaffen, auf dem sich Ausgaben meines Buches stapeln. Glückwunschballons sind an einen Ledersessel hinter dem Tisch angebunden, und ein Stift wartet darauf, dass ich die Bücher signiere.

„Wir alle wollen eine signierte Kopie", sagt Sydney und schließt sich uns an. „Und da drüben gibt es Champagner und Horsd'œuvres." Sie zeigt auf einen langen Tisch links von uns. „Und wenn das erledigt ist, haben wir einen Schokoladenbrunnen. Ich weiß ja, was du für Schokolade übrighast."

„Schokolade ist heilig", sagt Jenna feierlich. „So empfinden alle dafür." Sie muss es wissen, denn Schokolade ist in ihren Rezepten bei Summerdale Sweets sehr beliebt.

„Wow, vielen Dank!", sage ich.

Ich schüttele den Kopf vor Staunen, als all meine Freunde und meine Familie in den Raum kommen. „Ich bin so überwältigt. Vielen Dank nochmal euch allen."

Die Hunde kommen hereingestürmt. Harry und Truman umkreisen mich glücklich, und ich hocke mich hin, um sie beide zu streicheln.

Wyatt erscheint an meiner Seite mit einer Frau, die ich nicht kenne. „Audrey, ich habe hier jemanden, den ich dir gerne vorstellen möchte."

Ich stehe auf und spüre, dass sie jemand Wichtiges ist. Sie hat dieses intellektuelle Aussehen, das ich in New Yorker Literaturkreisen sehe, mit schwarz gerahmter Brille, einem schicken schwarzen Hosenanzug und hohen Absätzen.

Wyatt deutet auf sie. „Das ist Michaela Katz, eine Literaturagentin extraordinaire. Wir haben uns kürzlich bei einer Spendenaktion getroffen."

„Wyatt hat sehr großzügig für eine Sache gespendet, die mir am Herzen liegt", sagt sie.

„Aber das ist nicht der einzige Grund, warum sie hier ist", sagt Wyatt mit einem breiten Lächeln.

Ich blinzele ein paarmal. Hat Wyatt eine Literaturagentin bestochen, damit sie zu meiner Veröffentlichungsfeier kommt? Hitze kriecht mir den Hals hoch. Das ist peinlicher als Drews gute Taten, denn jetzt stehe ich ihr gegenüber.

„Wow, Sie sind den ganzen Weg meinetwegen gekommen?", frage ich.

Sie lächelt. „Das, und Wyatt und ich bügeln gerade die Details aus, um eine gemeinnützige Organisation zu gründen, die Kindern in Obdachlosenheimen Bücher zur Verfügung stellt."

„Das ist wundervoll!"

„Audrey, ich habe Ihr Buch gelesen, und es hat mich angesprochen. Ich bin sehr daran interessiert, Ihre nächste Arbeit zu lesen."

Mir bricht der Schweiß aus, und ich fange an zu hyperventilieren. Habe ich erwähnt, dass ich nicht gut mit Überraschungen umgehen kann? Das ist eine zu viel für einen Tag. „Oh."

Drew erscheint an meiner Seite und reibt mir in langsamen Kreisen den Rücken. „Schön, Sie kennenzulernen, Michaela."

„Toll, Sie endlich persönlich kennenzulernen", sagt sie. Ihre braunen Augen funkeln.

Ich halte die Luft an, bemühe mich um rationale Sprache. „Ja! Wirklich großartig, Sie kennenzulernen, Michaela, und danke fürs Kommen! Ihnen hat mein Buch wirklich gefallen?"

Sie lächelt. „Ich hab's geliebt. Nicht die erste Version, die ich gelesen habe. Die finale Version, die Drew an alle in der City geschickt hat."

Ich schließe die Augen, es ist so peinlich. Deshalb hat sie gesagt, es sei toll, ihn *endlich* persönlich kennenzulernen. Sie kannte Drew von seiner vorherigen E-Mail und den Briefen.

„Sie mussten die verbesserte Version sehen", sagt Drew zu

mir, als ob es eine vernünftige, logische Entscheidung gewesen wäre.

Michaela dreht sich zu Drew um. „Das Taschenbuch mit der Heldin, die Erkennungsmarken trägt, war eine nette Geste. Sie würden sich gut als Herausgeber machen."

Er lächelt mich an. „Ich habe nur eine Klientin, für die ich publiziere. Warten Sie nur, bis Sie ihr nächstes Buch lesen."

Ich halte eine Hand hoch. „Er hat es noch nicht gelesen, weil es noch nicht fertig ist, aber ich würde es Ihnen gerne schicken."

„Wunderbar. Hier ist meine Karte." Sie zieht sie aus ihrer kleinen schwarzen Handtasche. „Sie haben Glück, einen so unterstützenden Freundeskreis zu haben."

„Danke! Ich weiß."

„Einen Toast!", erklärt General Joan und hebt ihr Champagnerglas. „Nun, worauf wartet ihr noch? Jeder braucht ein Glas Champagner."

Wir bemühen uns, Champagner zu bekommen, lachen und stoßen dabei aneinander. Unsere strenge Lehrerin der dritten Klasse hat einen nachhaltigen Einfluss auf uns.

Sobald wir alle da sind, sagt der General, ich meine, die Künstlerin Joan Ellis: „Auf Audrey, eine wunderbare Schriftstellerin und Person."

„Auf Audrey!", sagen alle im Chor.

Ich laufe rot an. „Vielen Dank euch allen." Ich trinke einen Schluck Champagner. „Ich wäre nicht die Person, die ich heute bin, ohne euch in meinem Leben."

„Jetzt komm her, und unterschreibe ein paar Bücher", befiehlt der General. „Das ist schließlich eine Veröffentlichungsparty."

Ich nehme meinen Platz am Buchtisch ein, und es bildet sich eine Schlange. Jeder, der sich nähert, schenkt mir ein riesiges Lächeln. Meine Brust schmerzt vor all der Liebe, die ich fühle, meine Kehle erstickt vor Emotionen. Alles begann mit meinen Herzschwestern – Sydney, Jenna und Harper. Jetzt ist es eine ganze erweiterte Familie von mehreren Generationen. Ich bin so glücklich. Als Einzelkind habe ich mich immer nach einer großen Familie gesehnt.

Ich mache Selfies mit allen, um diesen Moment für immer festzuhalten. Das heißt:

Sydney, hochschwanger mit eineiigen Zwillingsjungen, die nächsten Monat fällig sind, zusammen mit ihrem Mann Wyatt und der einjährigen Quinn.

Jenna und Eli mit dem sieben Monate alten Theo.

Harper und Garrett mit der zweijährigen Caroline und dem drei Monate alten Owen.

Und jetzt ist unsere Familie noch mehr gewachsen!

Kayla und Adam mit dem zwei Monate alten Benjamin.

Sloane und Caleb mit der sechs Wochen alten Riley.

Brooke und Max. Sie ist im vierten Monat schwanger und begeistert.

Paige und Spencer mit dem sieben Monate alten Finn.

Skylar und Gage (warten noch auf Kinder).

Galena und Levi. Sie ist schwanger, will es aber geheim halten. Schh! Sie hat es Kayla erzählt, die es mir erzählt hat und Gott weiß, wem sonst noch.

Eve und Dominic mit seiner dreijährigen Tochter Nora.

Und natürlich meine Eltern und die Matriarchin unseres Clans – die fabelhafte Künstlerin Joan Ellis!

Sobald ich alle Bücher signiert habe, deute ich auf Mom. „Wir müssen ein Foto mit allen machen! Ich möchte, dass du auch darauf bist. Hast du dein Stativ mitgebracht?"

„Ich habe eins", sagt Wyatt. „Ich mache ständig Fotos von Quinn mit Snowball und Rexie."

Sydney schüttelt den Kopf. „Unsere Tochter und seine zwei anderen Kinder."

„Hey, Hunde sind Familie", sagt er. „Bin gleich zurück."

„Alle versammeln sich um Audrey", sagt Mom. „Audrey, Schatz, halte dein Buch für das Bild hoch."

Sobald alle an Ort und Stelle sind, alle eng aneinandergeschmiegt, halte ich mein Buch hoch und lächle. Snowball ist bei Wyatt auf dem Arm, und Rexie steht an seiner Seite. Harry und Truman sitzen vor Drew.

Mom stellt den Timer ihrer Kamera ein, und wir machen einige Fotos von lächelnden und albernen Gesichtern, bis die Babys anfangen, unruhig zu werden. Es gibt sogar ein Bild mit einem jammernden Baby Riley und jaulenden Hunden Harry und Truman. Sie sind sensibel.

„Wir müssen uns diesen Sommer noch einmal treffen, um auch alle Hunde auf das Bild zu bringen", sage ich. Fast jeder hat einen Hund, den er aus unserem Tierheim adoptiert hat.

„Nach der Lesereise", sagt Drew. „Ich hatte gehofft, dass wir im Juni aufbrechen könnten, wenn das Wetter schön ist."

„Klingt perfekt. Warte, hast du schon die ganze Tour geplant?"

Er setzt ein Lächeln auf. „Ja, aber vorbehaltlich deiner Zustimmung. Ich kann alles ändern oder neu arrangieren, was du willst."

„Ich sage ja: ein fantastischer Herausgeber", sagt Michaela.

„Wir werden uns den Plan gemeinsam ansehen." Ich bin begeistert, dass er so viele tolle Sachen für mich und mein Buch gemacht hat, aber ich muss auch was beitragen.

„Alle sind zum 4. Juli hierher eingeladen", kündigt Sydney an. „Schreibt es euch in den Kalender. Und bringt eure Hunde mit."

„Und auch die Kinder", sagt Wyatt.

„Das klingt so, als wären Kinder Haustiere", sagt Sydney.

„Nein, es klingt, als wären wir sowohl ein kinderfreundliches als auch ein haustierfreundliches Haus", erwidert Wyatt. „Du solltest von den Füßen runter. Deine Knöchel sind geschwollen." Er zieht einen gepolsterten Stuhl direkt hinter ihr hervor.

Sie seufzt, setzt sich aber. Sie *ist* nun mal hochschwanger mit Zwillingen.

Michaela kommt zu mir und erklärt, wie sie mit Klienten zusammenarbeitet und was sie gerne für mich tun würde. Ich bin so vertieft in unser Gespräch, dass ich nicht einmal bemerke, was meine Freunde machen.

„Bei den Verlagsfeiern, auf denen ich in der Stadt bin,

haben wir immer Musik", sagt Michaela und schwingt ein wenig die Hüfte. „Wir tanzen gerne." Sie lächelt und zeigt über meine Schulter.

Ich sehe gerade hinüber, als eine Karaoke-Maschine angeschaltet wird. Meine Freunde versammeln sich um das Mikrofon und singen Etta James „At Last".

Sie singen furchtbar schief, und ich liebe jede Note.

Und dann nimmt Drew mich in seine Arme, und wir tanzen zu dem Song, der für uns nicht perfekter sein könnte. Endlich können wir zusammen sein, wie ich es mir immer erhofft habe.

„Wie kann ich dir jemals alles zurückgeben, was du mir gegeben hast?", frage ich ihn, während wir tanzen. „Du hast dich selbst überschlagen, um meine Träume wahrzumachen."

Er nimmt mein Gesicht in beide Hände. „Du bist mein Traum. Alles, was ich brauche, bist du."

Ich lächle, Tränen treten mir in die Augen.

Er beugt sich hinunter, um mir ins Ohr zu flüstern: „Ich kann es kaum erwarten, dich heute Abend für mich allein zu haben."

Ich erbebe. „Ich ertrage nicht noch mehr Aufregung."

„Du wirst es ertragen, und es wird dir gefallen."

Ich küsse ihn. „Ich werde es genau so lieben, wie ich dich liebe."

Er hält mich fest. Harry und Truman lehnen sich in ihrer eigenen Art der Umarmung gegen uns.

„Bringt den Buchkuchen!", sagt der General.

„Ich hole den Verlobungskuchen", sagt Jenna. „Du weißt, wir mussten beides haben, Aud. Als ich hörte, dass Drew dir einen Antrag machen will, hab' ich mich gleich an die Arbeit gemacht."

„Nach dem Kuchen könnt ihr zwei zum Lieben nach Hause gehen", sagt der General zu mir und Drew.

Wir hören auf zu tanzen. Ich verkneife mir ein Lachen und sehe mich um. Alle versuchen, nicht zu lachen.

„Was ist denn so lustig?", fragt der General. „Es wird Zeit, dass sie die Liebe genießen. Sie tanzen schon seit Jahren umeinander."

„Meint sie, was ich glaube, dass sie meint?", fragt Wyatt.

„Ja!", antworten wir alle einstimmig.

Der General hat uns ihren Segen für nackten Spaß gegeben.

Ich werde versuchen, nicht an sie zu denken, wenn es passiert.

EPILOG

Siebzehn Jahre später ...

Drew

Die Lobby der Bibliothek Summerdale ist voller Menschen, aber die eigentliche Aktion findet im Loft-Bereich statt, wo sie *Breakdown* drehen, Audreys viertes Buch, eine Soldaten/Action-Romanze, die mit einem geheimen Nachrichtenaustausch in der Bibliothek beginnt. Audrey hat schon immer gesagt, die Bibliothek könne ein Ort für Intrigen sein. Selbst mit unseren Freunden in der Unterhaltungsbranche hat es fünf Jahre gedauert, bis ihr Buch endlich in Produktion ging.

Dünne Ärmchen legen sich um meinen Hals, und meine Tochter springt auf meinen Rücken. Es hat mal eine Zeit gegeben, da wäre ich nicht so gelassen gewesen, wenn jemand hinter mir aufgetaucht wäre. Therapiehunde, PTBS-Therapie, eine Frau und drei Töchter haben mich davon geheilt. Ich blicke über meine Schulter, um zu sehen, welches meiner Mädchen da hinten ist. Gwen. Sie ist vierzehn, zierlich wie Audrey, aber viel athletischer. Ihre zweieiige Zwillingsschwester Camille versetzt ihre Schulter einen Stoß und versucht, sie von mir runterzubekommen. Obwohl sie zweieiig sind, ähneln sie einander so sehr, dass die meisten denken, sie seien identisch. Beide haben mein dunkles Haar und meine braunen Augen und dazu das niedliche Gesicht ihrer Mutter aus runden Wangen mit spitzem Kinn.

„Gwen", flüstert Audrey, „runter von deinem Dad! Ich sagte, ihr dürft nur hier sein, wenn ihr still seid."

Gwen klettert hinunter und flüstert zurück: „Ich *bin* still."

Camille springt mir auf den Rücken, und ich nehme sie vorsichtig herunter. Sie geht in eine Kampfhaltung, und ich schüttele lächelnd den Kopf. Meine drei Töchter haben alle schwarze Gürtel. Unsere Älteste, die sechzehnjährige Joan, würde nie auf mich springen, obwohl sie liebevoll ist. Sie wartet leise am Rand der Gruppe.

Audrey zeigt den Zwillingen mit einem vielsagenden Blick einen warnenden Finger. Sie ist eine großartige Mom. Nimmt sich die Zeit, mit jeder Tochter einzeln was zu machen, die Kommunikationswege offenzuhalten und sie gleichzeitig nicht mit jedem Mist durchkommen zu lassen. Ich habe eine Schwäche für sie und bin vielleicht zu nachsichtig.

Ich beuge mich vor, lege einen Arm um Joan und ziehe sie zu mir. Sie lächelt süß zu mir auf. Wir haben sie nach General Cupido Joan benannt. Ich danke Joan Ellis dafür, dass sie mir geholfen hat, die Verbindung zu Audrey aufzubauen, zu einer Zeit, als ich nicht wusste, wie ich das hinbekommen sollte. Joan hat eine künstlerische Renaissance erlebt, Hundeporträts gemalt und später Katzen und hat sogar hin und wieder einen Vogel in ihr Repertoire aufgenommen. Unsere kleine Joan hat ihre Namenspatronin häufig besucht, und sie hat ihr das Malen beigebracht. Sie ist ein künstlerisch begabtes Mädchen. Die ältere Joan ist vor sieben Jahren im Alter von einhunderteins gestorben. Sie wird vermisst, aber nie vergessen.

„Cut!", sagt der Regisseur Levi Appleton. „Das war's für die Szene. Gute Arbeit, ihr alle. Packen wir zusammen." Er ist als Bürgermeister von Summerdale zurückgetreten, um Regie zu führen, und Wyatt Winters hat übernommen. Wyatt hat viele schöne Verbesserungen in der Stadt vorgenommen, einschließlich des Baus eines Hundeparks und eines neuen Gemeindezentrums.

Die Crew beginnt, die Ausrüstung wegzupacken, und die Schauspieler begeben sich auf den Weg zur Hauptebene, wo wir in der Lobby stehen.

Audrey packt meinen Arm. „War das nicht aufregend? Ich kann es kaum erwarten, den Teil zu sehen, den sie in der City drehen."

„Können wir da auch dabei sein?", fragt Gwen fröhlich, als ob es das erste Mal wäre, dass sie fragte. Eher das Hundertste.

„Bitte, Mom!", bettelt Camille. „Es interessiert niemanden, wenn wir die Schule verpassen."

„*Mich* interessiert es!", sagt Audrey. „Heute war der Tag, an dem ihr zusehen durftet. Ein verpasster Tag in der Schule reicht."

„Wir holen das leicht auf", sagt Gwen. Sie dreht sich mit großen Welpenaugen zu mir um. „Dad?"

Sie hofft, dass ich es ihr leichter mache. Audrey und ich sind eine geschlossene Front, wenn es um die Mädchen geht, außer sie kriegen mich zuerst. Doch diese Strategie beherrschen sie noch nicht. „Ihr verpasst nicht wieder die Schule. Und bitte mich nicht um eine andere Antwort. Mom und ich sind uns in allen Entscheidungen einig."

Audrey strahlt mich an, und meine Brust bläht sich. Ich liebe es immer noch, sie glücklich zu machen. Sie arbeitet an ihrem zehnten Buch, jedes besser als das vorige. Ich führe immer noch das Dojo, und ich arbeite mit meinem aktuellen Therapiehund, einem erstaunlichen Deutschen Schäferhund namens Patton (nach dem berühmten General), als Botschafter für das Best Friends Care Programm. Wir besuchen Militärkrankenhäuser und informieren sie über Best Friends Care und den Wert eines Therapiehundes für Veteranen.

Audrey ist schnell von ihren Freundinnen umgeben, und ich trete mit einem Lächeln zurück, während die Frauen mit großer Begeisterung über das Projekt reden. Es war eine echte

Zusammenarbeit, und Audrey wurde bei jedem Schritt als Beraterin miteinbezogen. Eve ist da, die das Buch zu einem Drehbuch adaptiert hat, Harper Ellis und Josie Abbott, die im Film mitspielen, zusammen mit Claire Jordan, der Produzentin und selbst berühmte Schauspielerin. Eine atemberaubend schöne, junge, blonde Schauspielerin steht in Claires Nähe und hört zu, ohne sich dem Gespräch anzuschließen. Nun, die Frauen sind älter als sie. Sie scheint in ihren Zwanzigern zu sein.

„Wäre es seltsam, um Shay Adlers Autogramm zu bitten?", fragt Gwen Camille.

Sie starren die junge blonde Frau an. Ich will gerade schon sagen, Gwen soll respektvolle Distanz wahren, als Camille ihre Augen verdreht.

„Du sollst doch cool bei talentierten Leuten bleiben. Das hat Mom gesagt, als wir Claire Jordan bei ihr zu Hause getroffen haben."

„Das war nur, weil du alle in eine Scheiß-Verlegenheit gebracht hast, als du gequietscht und sie umarmt hast", erwidert Gwen.

„Ausdrucksweise", sage ich, obwohl ich nicht wirklich ein Problem mit Schimpfwörtern habe. Audrey sagt, dass sie möchte, dass sie kreativere Möglichkeiten finden, sich auszudrücken.

Joan lacht leise über die Mätzchen ihrer Schwestern.

„Zu schade, dass ihr Sohn nicht zu Hause war, als wir dort waren", sagt Gwen und macht eine Geste, von der ich glaube, sie bedeutet, dass er heiß ist.

„Was war das?", frage ich. „Welcher Sohn?" Ich muss wissen, welchen ich verscheuchen soll. Die Zwillinge sind auf eine Art nach Jungs verrückt, wie Joan es nie war. Wir hatten es leicht mit ihr. Bis jetzt jedenfalls.

„Owen", sagt Gwen, während Camille gleichzeitig „Rafael" sagt.

„Auf keinen Fall, Owen ist viel heißer", sagt Gwen.

Camille neigt den Kopf hin und her. „Hast du Rafael in Smoking auf dem roten Teppich gesehen?"

„Igitt, stalkst du ihn?", fragt Gwen. „Ich habe zufällig Owens Bild auf dem Kaminsims gesehen und so nebeneinander sind sie kein Vergleich. Der Mann ist muskelbepackt."

„Mädchen!", zische ich. „Es reicht! Sie sind beide zu alt für euch, und ihr werdet nicht daten, bevor ihr achtzehn seid."

Sie starren mich mit großen Augen an, bevor sie in Lachen ausbrechen.

„Warum ist das lustig?", verlange ich zu erfahren. „Joan ist sechzehn, und sie datet auch nicht."

„Dad", sagt Joan leise, ihre Wangen werden rot, „sprich nicht über mich." Sie schleicht sich weg und geht zu Audrey, um sich vor dem Kreis der Peinlichkeit hier zu schützen.

„O mein Gott, er ist hier", sagt Gwen und streicht ihr langes Haar zurück. „Wie sehe ich aus?" Sie dreht sich zu Camille um, aber die ist bereits zu dem Typen geeilt.

Camille starrt bewundernd zu einem gewaltigen Mann mit kurzen dunklen Haaren und einem verstohlenen Blick auf. Militär? Er ist in seinen Zwanzigern, was bedeutet, dass er keinen Grund hat, mit meinem kleinen Mädchen zu reden.

Ich schließe mich ihnen an, bereit, mich einzumischen. Ehrlich gesagt, die Zwillinge sehen erwachsener aus als sie sind, und Audrey hat sie für den besonderen Anlass Make-up auftragen lassen. Ich wusste, dass der Eyeliner ein Fehler war.

„Du musst Owen sein", sagt Camille mit atemloser Stimme. „Ich habe dein Foto im Haus deiner Mom gesehen. Meine Mom ist die Schöpferin dieses Films." Gwen ist diejenige, die sein Bild auf dem Kaminsims gesehen hat, aber Camille ist einfach da reingerutscht, als wäre sie es gewesen.

Er nickt.

„Und ich habe dich auf dem roten Teppich gesehen", sagt Gwen, legt eine Hand auf ihre Hüfte und schiebt sie zur Seite. Wo hat sie das denn gelernt? Ich schätze, die ganze Familie war auf dem roten Teppich.

„Owen, du bist hier", sagt Claire und wendet sich von der Frauengruppe ab, um ihren viel größeren Sohn zu umarmen. Er erwidert es und blickt seitwärts zu meinen Töchtern, die ihn anlächeln, als wäre er ihr Held. *Ich* bin ihr Held.

„Du hast gesagt, du musst mich sofort sehen", antwortet Owen. Er sieht sich um. „Wo ist Frankie?"

„Er wartet direkt vor der Tür", sagt Claire. „Jedenfalls, das hier ist Harpers Heimatstadt. Sie sagte, wir müssten uns hier keine Sorgen um die Sicherheit machen. Es ist ein geschlossenes Set, und jeder, mit dem wir zusammenarbeiten, ist ein enger Freund."

Owen nickt und versteift sich dann, als er plötzlich die schöne Blondine Shay Adler bemerkt. Die Zwillinge folgen seinem Blick und stupsen einander mit dem Ellbogen an. Ich versuche, ihre Aufmerksamkeit zu wecken, um sie von einem Gespräch wegzubewegen, mit dem sie nichts zu tun haben, aber sie kleben an der Szene.

Owen beißt die Zähne aufeinander. „Wenn das was mit *ihr* zu tun hat, dann passe ich."

Shay nähert sich, und Owen verschränkt seine kräftigen Arme vor der Brust. Dieser Typ trainiert ernsthaft mit Gewichten.

„Hör einfach zu", sagt Claire zu Owen. „Shay könnte die Hilfe deines Unternehmens gebrauchen."

Er hält seinen Mund fest geschlossen.

„Bist du ein Bodyguard?", fragt Gwen Owen.

Er ignoriert sie, sein Blick auf Shay gerichtet, die nun nahe an Claires Seite steht. Claire schüttelt Shay die Hand, bevor sie direkten Augenkontakt mit mir herstellt. Ich verstehe.

„Okay, das ist eine private Familienunterhaltung." Ich lege eine Hand auf den Kopf jeder neugierigen Tochter und wende sie ab. Sie weichen meinen Händen aus und flüstern eifrig miteinander. Ich fange „so peinlich" und „alles ruiniert" auf.

Die Mädchen können über mich sagen, was sie wollen, solange sie in Sicherheit sind. Außerdem wollte Claire Privatsphäre für ihre Unterhaltung, und sie wollte nicht die Böse bei den Mädchen sein. Sie ist sehr großzügig und nett zu Kindern, sogar Teenagern, die keinen Hinweis verstehen wollen.

Audrey erscheint an meiner Seite. „Jeder kommt auf einen Drink ins Horseman Inn. Bist du dabei?"

„Geh du. Ich bringe die Mädchen nach Hause und lasse Patton raus." Ich habe Patton heute für den Dreh zu Hause gelassen, aber er mag es nicht, lange von mir getrennt zu sein, und umgekehrt.

Sie drückt meinen Arm. „Wir können sie absetzen und Patton mitnehmen. Joan wird dafür sorgen, dass die Zwillinge keinen Ärger machen."

„Okay, klingt nach einem guten Plan."

„Wo sind die Zwillinge überhaupt?"

Ich sehe mich um. Joan ist in der Nähe des Haupteingangs, sieht sich die Neuerscheinungen an, und die Zwillinge sind verschwunden.

Audrey hat ihr Handy draußen und schreibt eine SMS. „Okay, sie sind beim Auto. Gwen sagt, du hättest sie weit darüber in Verlegenheit gebracht."

„Über was?"

„Über das hinaus, was vernünftig ist?", rät sie. „Ich weiß es nicht! Was ist passiert?"

„Sie waren neugierig und haben ein Familiengespräch mit Claire und ihrem Sohn gestört. Sie sind unangemessen in ihn verknallt."

Sie sieht zu Owen hinüber, der seiner Mutter zuhört. Sein Ausdruck ist geduldig, aber starrsinnig. Ich glaube nicht, dass er mitmachen wird, was auch immer sie vorschlägt, wenn es mit Shay zu tun hat. Vielleicht haben sie eine Geschichte.

„Er sieht umwerfend aus", sagt Audrey. „Ich verstehe, warum die Mädchen verknallt sind."

„Sie sind viel zu jung für ihn."

„Oh, ich weiß, aber ich verstehe es. Ich war schon in jungen Jahren in dich verknallt. Ich erinnere mich noch daran, wie ich dich kennengelernt habe, als ich sechs war und du elf. Ich habe dich für den süßesten Jungen gehalten, den ich je gesehen hatte."

Ich lächele und küsse ihre Schläfe. „Erzähl weiter." Das ist meine Lieblingsgeschichte, wie sie sich auf den ersten Blick in mich verliebt hat.

„Und du wolltest Basketball in der Einfahrt spielen und hast uns Mädchen eingeladen, da deine Brüder nicht zu Hause waren. Du hast mir angeboten, mich auf eine Kiste zu stellen, damit es ein faires Spiel wäre."

„Du warst ein winziges Ding."

„Du hast mich eingeschlossen, und das hat mir viel bedeutet."

„Sydney, Jenna und Harper waren beleidigt, dass sie auf einer Kiste stehen sollten."

„Ich habe deine ehrenvollen Absichten verstanden. In diesem Moment wusste ich, dass ich dich für immer lieben würde."

Ich lächle breit und küsse sie.

Ich mache Joan ein Zeichen, dass wir gehen, und trete mit dem Arm um meine schöne Frau nach draußen. „Und ich wusste, dass ich dich für immer lieben würde, als du nur für mich zu einer Party ohne Höschen aufgetaucht bist."

„Schh!"

„Joan ist schon draußen. Eigentlich war es, als du mich herausgefordert und mich dazu gebracht hast, mich meinen Dämonen zu stellen. Dafür werde ich dir immer dankbar sein. Es hat mein Herz geöffnet und mich zu einem besseren Mann gemacht."

„Ich finde, das ist dein eigener Verdienst. Du hast es umgesetzt."

Ich bleibe draußen stehen und küsse sie. „Und seitdem ist jeder Tag ein weiterer Tag des Glücks."

Ein lautes Stöhnen im Teenageralter erreicht uns. „Könnt ihr nicht wenigstens warten, bis wir nach Hause kommen, bevor es ekelhaft wird?", fragt Camille.

„Ja, habt ihr euch nicht schon genug geküsst?", fragt Gwen.

Audrey lacht. „Eines Tages wirst du dich verlieben, und es wird nie genug Küsse geben."

Gwen verzieht ihr Gesicht. „*Igitt!* Nicht, wenn ich so alt

bin wie ihr. Dad, bitte, bitte schließ das Auto auf. Ich sterbe hier vor Scham. Ich kann nicht einmal …"

Ich entriegele das Auto, und die Zwillinge stürzen auf den Rücksitz. Joan schließt sich ihnen an und wartet geduldig darauf, dass Gwen rutscht, um Platz für sie zu machen.

„Heute ist ein Traum wahr geworden", sagt Audrey und lächelt mich an.

„Jeder Tag mit dir ist ein wahrgewordener Traum."

Sie umarmt mich, und ich halte sie fest, vollkommen zufrieden.

Jemand hupt. Alle drei Mädels gestikulieren wild, damit wir ins Auto steigen.

„Scheinbar können sie es kaum erwarten, uns zu sehen", sage ich.

„Ja, klar", erwidert sie.

Wir fahren nach Hause, begleitet vom müden Schweigen der Zwillinge und mit einer plötzlich redseligen Joan, die den Lichteinsatz bei den Dreharbeiten faszinierend fand.

Ich lächle Audrey an, und sie erwidert es. Mein Herz dehnt sich in meiner Brust aus. Ich bin ein glücklicher Mensch. Ein Familienmensch.

Verpassen Sie nicht meine neue Stand-Alone-Geschichte *Die Sache mit dem Küssen,* um den Sicherheitsexperten Owen Campbell und Filmstar Shay Adler in einer Zweite-Chance Romanze! Das ist Buch Nr. 1 in der Reihe *Happy End in Clover Park.* Tauchen Sie ein in die ansprechende Kleinstadtromantik in Clover Park, wo jeder sein Glück findet!

Owen Campbell ist der Sohn von Jake Campbell und Claire Jordan aus *Hollywood Inkognito.* Jede Geschichte kann als eigenständiger Roman gelesen werden.

Erhalten Sie die neuesten Nachrichten zuerst in Kylies Newsletter! https://www.kyliegilmore.com/DEnewsletter

WEITERE BÜCHER VON KYLIE GILMORE

Die Happy End in Clover Park Serie <<Die zweite Generation der Happy End Buchclub-Liebe!

Der Teil mit dem Küssen (Buch 1)*

Der Teil mit dem Sex (Buch 2)*

Der süße Teil (Buch 3)*

die neuen Titel erscheinen bald!

Liebe von der Leine gelassen Serie << Heiße romantische Komödien mit Hunden!

Fetching – Deutsche Ausgabe (Buch 1)

Dashing – Deutsche Ausgabe (Buch 2)

Sporting – Deutsche Ausgabe (Buch 3)

Toying – Deutsche Ausgabe (Buch 4)

Blazing – Deutsche Ausgabe (Buch 5)

Chasing – Deutsche Ausgabe (Buch 6)

Daring – Deutsche Ausgabe (Buch 7)

Leading – Deutsche Ausgabe (Buch 8)

Racing – Deutsche Ausgabe (Buch 9)

Loving – Deutsche Ausgabe (Buch 10)

Die Clover Park Serie << Brüder, für die die Familie an erster Stelle steht!

Clover Park: Die O'Hare-Familie

Das Gegenteil von wild (Buch 1)

Daisy schafft alles (Buch 2)

In den Falschen verguckt (Buch 3)

Ein Weihnachtsmann zum Küssen (Buch 4)

Raus aus der Tretmühle (Die O'Hare-Familie – Wie alles begann)

Clover Park: Die Reynolds-Marino-Familie

Vermieter küsst man nicht (Buch 1)

Nicht mein Romeo (Buch 2)

Bring mich auf Touren (Buch 3)

Clover Park Braut (Buch 4)

Gewagte Verlobung (Buch 5)

Retter in der Not (Buch 6)

Eine verführerische Freundschaft (Buch 7)

Ein Geschenk zum Valentinstag (Buch 8)

Die Happy End Buchclub Serie << Die Campbell Familie und ein Liebesromanbuchclub prallen aufeinander!

Hollywood Inkognito (Buch 1)

Ärger im Anzug (Buch 2)

Gewagtes Spiel (Buch 3)

Förmliche Vereinbarung (Buch 4)

Wenn der Bad Boy keiner ist (Buch 5)

Ein Störenfried zum Verlieben (Buch 6)

Schicksalsbegegnungen (Buch 7)

Eine Romantische Chance (Buch 8)

Ein sündhafter Flirt (Buch 9)

Ein unbequemer Plan (Buch 10)

Eine Happy End Hochzeit (Buch 11)

Die Rourkes aus Villroy << Prinzen, bei denen man ins Schwärmen gerät, und ebenso fantastische Prinzessinnen

Königlicher Fang (Buch 1)

Königlicher Hottie (Buch 2)

Königlicher Darling (Buch 3)

Königlicher Charmeur (Buch 4)

Königlicher Playboy (Buch 5)

Königlicher Spieler (Buch 6)

Die Rourkes aus New York

Abtrünniger Prinz (Buch 1)

Abtrünniger Gentleman (Buch 2)

Abtrünniges Schlitzohr (Buch 3)

Abtrünniger Engel (Buch 4)

Abtrünniger Fratz (Buch 5)

Abtrünniger Beschützer (Buch 6)

Die Clover Park Charmeure Serie << süße und sexy Charmeure!

Beinahe drüber weg (Buch 1)

Beinahe zusammen (Buch 2)

Beinahe Schicksal (Buch 3)

Beinahe verliebt (Buch 4)

Beinahe romantisch (Buch 5)

Beinahe frisch verheiratet (Buch 6)

Sehen Sie sich auf meiner Website die aktuelle Liste meiner Bücher an: https://www.kyliegilmore.com/deutsch/

ÜBER DIE AUTORIN

Kylie Gilmore ist die *USA Today Bestsellerautorin* von über fünfzig humorvollen zeitgenössischen Romanzen. Zu ihren Serien gehören *Liebe von der Leine gelassen*, *Die Rourkes*, der *Happy End Buchclub*, *Clover Park* und *Clover Park Charmeure*. Mit mehr als drei Millionen Downloads ihrer Bücher lieben es Leser*Innen auf der ganzen Welt, sich in ihre urkomischen Wohlfühlromanzen zu flüchten, die sich durch starke Bindungen zwischen Familie, Freunden und der Gemeinschaft auszeichnen.

Kylie lebt mit ihrer Familie, einer anspruchsvollen Katze und einem verrückten Hund in New York. Wenn sie nicht schreibt, heiße Liebesromane liest oder sich bei Autorenkonferenzen pflichtbewusst Notizen macht, findet man sie sicher dabei, wie sie gerade mit Freuden etwas erschafft, das sicherlich ein zukünftiges Familienerbstück sein wird.

Melden Sie sich für Kylies Newsletter an, damit Sie keine ihrer Neuerscheinungen verpassen. https://www.kyliegilmore.com/DEnewsletter

Mehr finden Sie auf Kylies Website https://www.kyliegilmore.com/deutsch/